文學研究叢書・兒童文學叢刊

兒童文學與語文教育（二）

林文寶　等著

目次

自序

林文寶

　　本書收錄，是與兒童文學相關之語文教育文章。其間，有上個世紀八〇年者；有這世紀以來在大陸發表者，而這些論述皆不在我主事兒童文學研究所期間。今將書名稱為《兒童文學與語文教育（二）》並將收錄因緣說明如下：

　　〈朱子與兒童教育〉原是《歷代啟蒙教材初探》的一個小節；〈笑話書目並序〉是〈笑話研究〉的序言與參考書目；〈謎語研究及其書目〉是〈謎語研究〉的序言與書目。《歷代啟蒙教育初探》於一九九五年四月由萬卷樓圖書公司印行，另外兩篇亦已收錄《林文寶古典文學研究文存（上）》，於二〇一三年九月由花木蘭文化出版社出版。這三篇與語文教育有關，皆曾以單篇論述發表，是以收錄。

　　〈試說「岳陽樓記」〉，是當年參與兩岸三地有關文本閱讀的小型討論會，地點在香港教育學院，後來發表於二〇一〇年七月《國文天地》第三〇二期雜誌。

　　〈析論詹冰「插秧」〉是第一屆語文教育暨第七屆章法學學術研討會的文章，是與學生顏志豪合著，總期許章法學能應用到兒童文學的教學，是以有此文的論述。

　　至於發表於大陸的文章，皆主編應邀而寫。而〈臺灣地區有關的作文教學研究與事件〉一文，全文分三部分，第三部分是〈教學課例〉，由民間名師張榮權撰稿，他是兒文所畢業的學生。發表時刊物作者誤植我，且未全文刊登，今將全文收錄。

　　其餘各篇皆屬早期論述，今一併收錄，以見學思歷程。

朱子與兒童教育

在宋代，對兒童教育可說極為重視。而理學家論兒童教育，則始於朱子。

朱子名熹，安徽婺源人，字晦菴，一字仲晦，又先後自稱晦翁、雲谷老人、滄州病叟、遯翁。生於宋高宗建炎四年（1130年），死於寧宗慶元六年（1200年），享年七十一歲。他死後諡為「文」，世稱「朱文公」，並曾歷受追封，從祀孔廟，為士人所景仰欽崇。他的父親名松，字喬年，號韋齋，為人正直，對北宋周敦頤、張載、二程等人的哲學頗有研究；中進士後，曾任司勳吏部郎，因為反對秦檜對金人屈辱的和議政策，被排擠外調當福建尤溪縣尉。朱子就在尤溪出生，所以他後來開創的學派又稱為閩學。

朱子的一生，一方面盡瘁於教育，另一面不斷進修研究，潛心著述，綜合了各家學說、開創了新的思想方法，留給我們的文化遺產，朱子不僅著作極多，而且著述的態度，亦非常嚴謹。朱子重要的著述有：《四書集註》、《周易本義》、《書集傳》、《詩集傳》、《楚辭集註》、《太極圖說》、《通書解》、《西銘解》、《正蒙解》。由後人編纂的大部頭有《朱文公文集》一百卷，重要散篇論文皆收錄於文集中，又有「朱子語類」一四〇卷，前六卷代表他的哲學思想。

朱子在中國思想史上，等於是一座巨型的思想蓄水庫，以前的都一一流入其中，經過他的整理、消化、融攝與批判，賦以新的生命，呈現出有條理、有統緒的新面貌。以後的思想，不論是贊同或反對，亦大抵是針對他而發。他不但是儒學復興史上最具關鍵性的人物，也

是中國文化史上的巨人之一。朱子一生費心於學術和教育工作，他對於儒學的文獻做了全盤的整頓，並重新加以安排，提供了適合於全國各級教育的教材與教法，以下略述朱子在小學教育方面的貢獻。

　　一、確立小學教育的地位。朱子以前有小學教育之實，而無小學教育之名，自《小學》一書出現，始確立小學教育的地位。他理想的學制，是小學、大學兩級制。小學是指兒童教育，亦即今日的幼稚園制小學的階段。考《小學》一書的編纂類例，皆由朱子親自決奪。而采摭之功，則以劉子澄為多。案朱子以前，小學僅散見於經、傳、記，而未成書，自朱子編輯《小學》，兒童教育始有專門論著，是以朱子可說是我國第一位真正的兒童教育的理論家。張伯行〈小學集解序〉云：

> 朱子以前，小學未有書，自朱子述之，而做人樣子在是矣。學者讀孔子之書，不以大學為之統宗，則無以知孔子教人之道，讀朱子之書，不以小學為之基本，則無以知朱子教人之道。（世界書局，〈張伯行序〉）

　　二、教育目標。朱子認為大學教育最高目的，在於培養聖賢。而以聖賢自任者，應以「復性」、「復初」及「道心主宰人心」為主要目標，也就是要養成完善無缺的人格。而小學教育的目標則是應注重於日常生活、倫常道德之學習，於是他提出「童蒙須知」，以訓練全國兒童，又重訂家禮、鄉約，使儒學成為普遍遵循的社會規範，可知朱子認為小學是大學的基本，朱子《小學》書題云：

> 古者小學，教人以灑掃、應對、進退之節，愛親、敬長、隆師、親友之道，皆所以為修身、齊家、治國、平天下之本，而

必使其講而習之於幼稚之時，欲其習與智長，化與心成，而無扞格不勝之患也。（見世界書局《小學集譯》，頁1）

而張伯行〈小學集解原序〉，有更詳細的說明：

朱子自謂一生得力，只看得大學透，而又輯小學一書者，以為人之幼也，不習之於小學，則無以收其放心，養其德性，而為大學之基，蓋朱子教人之道，即孔子教人之道，學者有志聖賢，誠未有先於是書者也。……夫小學大旨，前賢論之甚詳，余括其要而言之，不離乎敬之一字，故必於內外兩篇，三百八十五章，章章節節，句句字字，看得敬字義理，次第分明，體之於身而實踐之，方知人之所以為人，以其身周旋於父子、君臣、夫婦、長幼、朋友之中，而心術、威儀、衣服、飲食，無不各有當然不易之則，修之則吉，悖之則凶，然後有以收其放心，養其德性，而存心處事，待人接物，有與此書相違者，則已失卻做人底樣子矣。失卻做人底樣子，而欲求入德之門，譬猶人之形體尚不全，而欲肩重大任以經營四方也，有是理哉！然則小學為大學之基本。（世界書局，頁2-3）

三、教育的內容與方法。朱子以為小學教育的目標，應注重於日常生活、倫常道德之學習，朱子認為兒童教育祇宜於教以事之然，亦即教以現實的事務，使兒童能夠從而模仿。所謂現實的事務，亦即是教以灑掃、應對、進退之節，愛親、敬長、隆師、親友之道。朱子《童蒙須知》有〈序〉云：

夫童蒙之學，始於衣服冠履，次及言語步趨，次及灑掃涓潔，

次及讀書寫文字，及有雜細事，皆所以當知。今逐目條例，名
曰〈童蒙須知〉，若其修身，治心、事親、接物，與夫窮理盡
性之要，自有聖賢典訓，昭然可考，當次第曉達，茲不復詳著
云。（見中華書局《四部備要》本〈五種遺規〉冊一，頁3）

申言之，《童蒙須知》非但標明教育的內容，且條例教育的方法，至
「小學」，書成於淳熙十四年（1187年），是年朱子五十八歲，此書是
他論兒童教育最精華的著作，是書凡內篇四：為主教、明倫、敬身、
稽古；外篇二：為嘉言、善行。亦可說是標明教育內容與方法。由此
可知，朱子對小學教育方法的看法是：由躬行而入窮理，而躬行主要
在於修身、處事、接物等，亦即是以現實的事務為主。陳弘謀曾說：

案前兩篇（指朱子白鹿洞書院揭示及朱子滄洲精舍論學者）為
學者定其綱宗，端所祈嚮，而蒙養從入之門，則必自易知而易
從者始，故朱子既嘗編次小學，尤擇其切於日用，便於耳提面
命者，著《童蒙須知》，使其由是而循循焉，凡一物一則，一
事一宜，雖主纖至悉，皆以閑其放心，養其德性，為異日進修
上達之階，即此而在矣。吾願為父兄者，毋視為易知而教之不
嚴，為子弟者，更毋忽以為不足知而聽之藐藐也。（見中華書
局版《四部備要》本，冊一〈養正遺規〉《童蒙須知》之案
語，頁3）

又小學題辭：

小學之方，灑掃應對，入孝出恭，動罔或悖，行有餘力，誦詩
讀書，詠歌舞蹈，思罔或逾。（見世界書局，張伯行《小學集
解》，頁2）

可惜的是：「誦詩讀書，詠歌舞蹈」，朱子並未多加著筆，蓋朱子教育主張由外入內，並未注意到兒童的心理需求。

四、所用教材。朱子對儒家文獻做了全盤的整頓，並重新加以安排，提供了適合於全國各級教育的教材與教法，其中小學教材，自當首推《小學》一書，張伯行於《小學集解》序云：

> 古者有大學小學之教，八歲入小學，十五入大學。大學之書，傳自孔門，立三綱領，八條目，約二帝三主教人之旨以垂訓。程子以為入德之門是也。而《小學》散見於傳記，未有成書，學者不能無憾。於是朱子輯聖經賢傳及三代以來之嘉言、善行，作小學書，分內外二篇，合三百八十五章，以主教、明倫、敬身、稽古為綱，以父子、君臣、夫婦、長幼、朋友、心術、威儀、衣服、飲食為目，使夫入大學者，必先由是而學焉，所謂做人底樣子是也。（見世界書局，《小學集解》〈張伯行序〉。）

其次的教材是《童蒙須知》。除《小學篇》及《童蒙須知》外，朱子又訂《曹大家女戒》、《溫公家範》為教女子之書。而弟子職亦為啟蒙之書。《文集》卷三十三答呂伯恭：

> 《弟子職》、《女戒》二書，以溫公家儀系之，尤溪欲刻未及，而漕司取去，今已成書，納去各一本。初欲遍寄朋書，今本已盡，所存只此矣，如可付書肆摹刻以廣其傳，亦深有補於世教。（中華書局《四庫備要》本，《朱子大全》冊四，卷三十三，頁21）

又孝宗隆興元年（1163年），朱子年三十四歲，曾有論孟訓口義，為啟蒙之書，是書已不傳，其《論語》〈訓蒙口義序〉云：

予既序次《論語》要義，因為刪錄，以成此編。本之注疏以通其訓詁，參之釋文以正其音讀。然後會之於諸老先生之說，以發其精微。一句之義，繫之本句之下。一章之指，列之本章之左，又以平生所聞於師友而得於心思者，問附見一二條焉。本未精粗，大小詳略，無或敢偏廢也。然本其所以作，取便於童子之習而已，故名之曰《訓蒙口義》。蓋將藏之家塾，非敢為他人發也。予幼獲承父師之訓，從事於此，二十餘年。材資不敏，未能有得。今乃妄意採掇先儒，有所取捨，度德量力，夫豈所宜。取其易曉，本非述作。以是庶幾其可幸無罪焉耳。嗚呼小子，其懋敬之哉。汲汲焉而毋欲速也，循循焉而毋敢惰也。毋牽於俗學，而絕之以為迂且淡也。毋惑於異端，而躐之以為近且卑也。聖人之言，大中至正之極，而萬世之標準也。古之學者，其始即此以為學，其卒非離此以為道。窮理盡性，修身齊家，推而及人，內外一致。蓋取諸此而無所不備，亦終吾身而已矣。舍是而他求，夫豈無可觀者，然致遠恐泥。昔者吾幾陷焉，今載自說，故不願汝曹之為之也。（中華書局《四庫備要》本《朱子大全》冊九，卷七十五，頁7-8）

總結以上所述，可知朱子對於兒童教育，無論是理論與實際，皆有無比的貢獻。他使儒家的基本經典成為全國讀書人的基本教材，又為這些教材提出可行的教法。他為了使儒家對全國所有的人都能發生切實有效的影響，他提出「小學」、「童蒙須知」，以訓練兒童；又重訂家禮、鄉約，使儒家成為普遍遵循的社會規範。宋以後儒家之成為

正統，是在這些廣泛的工作基礎上和運作的過程中，才逐漸建立起來的，如果朱子僅是一個哲學家，他怎能有產生那樣廣泛而深遠的影響？又怎能享有那樣崇高的地位？

朱子以後，即有人為《小學》做注解，其中以清人張伯行《集解》最為詳盡。並有人擬小學篇體裁著書。雖然屬於朱子系統的《小學》啟蒙教材，似乎僅流行於學者之間，而不為一般塾師所接受。但我們知道，朱子的那種儒家教育精神卻已注入了基礎的兒童教育裡。朱子以後最足以為理學家之主張代表者，當推程端禮《程氏家塾讀書分年日程》一書，該書卷一云：

> 八歲未入學之前，讀性理字訓。（〈程逢原增廣者〉）
> 日讀字訓綱三五段，此乃朱子以孫芝老能言，作性理絕句百首，教之之意，以此代世俗蒙求千字文最佳。又以朱子童子須知貼壁，於飯後使之記話一段。（臺灣商務印書館《叢書集成簡編》，頁1）

程端禮，字敬叔，為慶元時人（慶元元年為西元1195年），傳朱子明體適用之指，卒年七十五。

—— 本文原載《東師青年》教孝月特刊第12期（1982年3月），
頁9-12。

笑話書目

──並序

　　「笑話」一詞，上一字是動詞，下一字是名詞。這種結構關係，就文法而言，是屬於組合關係，也稱為「詞組」。動詞是屬於加詞，名詞則是端詞，在加詞和端詞之間，有時可加關係詞。而「笑話」一詞，卻已密切組合到不可加入關係詞的地步，因此「笑話」已經成為組合式合義複詞，不能還原成為詞組了。但就語意而言，卻仍有兩種不同的意思。一種是指能引人發笑的話或事情。另一種則有輕視別人的意思。而本文則取義前者。

　　笑是人類獨有的特權，但作為藝術形式之一的笑話，就美的範疇而言，它是屬於滑稽的藝術，這種滑稽藝術，可以使人愉悅，使人發笑，或者說可以使人產生一種滑稽感。它的特質在於蘊含的醜。這種醜不含不快的性質，也不含同情之性質，它是瑣屑的，而非嚴肅的，它是低於我們一般人的精神價值水平。更重要的是它是自對比中產生，也就是說這種滑稽係起於一種心理的對比所產生的意外感。

　　滑稽有「絕對滑稽」和「有意義的滑稽」之分，所謂絕對滑稽是指滑稽的目的只是滑稽的本身，不含任何用意或目的。這是人人所具有，不假外求。《史記》有〈滑稽列傳〉，其滑稽即指語言的滑稽而言，也就是今日通稱的笑話，這種笑話是指語言的俳諧，便捷與通俗，可發人一笑。由此可知我們也是一個喜歡玩笑的民族。直到清末民初，由於西風東漸，於是乎 Humour 與幽默出世。

　　林語堂認為幽默是我們中國人的德性之一，打從孔子起我們就懂

得幽默。他說孔子是最近人情的，孔子是恭而安，威而不猛，並不是道貌岸然。《論語》一書，有許多幽默語，因為孔子腳踏實地，說很多入情入理的話，祇可惜前人理學氣太重，不曾懂得。而老子、莊子更是幽默大師。莊子青出於藍，更勝於藍。太史公說他：

> 其學無所不闚，然其要本歸於老子之言，故其著書十餘萬言，大抵寓言也。作〈漁父〉、〈盜跖〉、〈胠篋〉以詆訾孔子之徒，以明老子之術。畏累虛、亢桑子之屬，皆空語無事實。然善屬書離辭，指事類情，用剽剝儒墨，雖當世宿學，不能自解免也。其言洸洋自恣以適己，故王公大人不能器之。（《史記》〈老莊申韓列傳〉）

莊子「寓言十九，重言十七，卮言日出」的語言藝術，口才犀利，冷嘲熱諷，罵盡天下英雄。笑話得很，卻沒有一個人對他不口服心服，只是大家都知道那是不著邊際的笑話而已。這種笑話雖不是「不正經語」，卻也不能算是「正經語」。雖然笑話可以說理或寓理，但終歸是小道，「雖小道，必有可觀者焉，致遠恐泥，是以君子不為也。」（《論語》〈子張篇·子夏語〉）而後，中國的笑話只能留存民間，成為應付人生的方法之一。但其間仍有人鈔錄笑話成書，並且添加解釋評語。我國的笑話書，以明、清兩代為多，當時記錄的人雖沒有作進一步的整理或研究；或在記錄之後做個評價，可是他們也有自己序說他們為什麼要記述笑話的理由，以下列舉四位以見他們對笑話的評價。

第一位是明朝的趙南星，他在《笑贊》裡說：

一、為之解頤，此孤居無悶之一助也。
二、可以談名理、通世故。

　　三、染翰舒文者，能知其解，其為機鋒之助。

第二位也是明朝的，馮夢龍氏序《笑府》說：

　　一、或閱之而喜，請勿喜；或閱之而嗔，請勿嗔。
　　二、古今世界一大笑府，我與若皆其中供話柄。

第三位是清代寫《笑例》的陳皋謨氏說：

　　一、大地一笑場，喬腔種種，醜狀般般。我欲大慟一番，既不
　　　　欲浪擲此閒眼淚；我欲埋愁到底，又不忍鎖殺此瘦眉尖。
　　　　客曰：「聞有買笑征愁法。」

第四位是定名他的笑話書為《笑得好》的石成金氏說：

　　一、正言聞之欲睡，笑話聽之恐後，今人之恆情。夫既以正言
　　　　訓之而不聽，曷若以笑話怵之之為得乎？
　　二、但願聽笑者入耳警心，則人性之天良頓復，遍地無不好之
　　　　人。（以上據《五十年來的中國俗文學》，正中書局，頁
　　　　102-103）

以上四位對笑話的看法，可說是前人的代表的意見，也可以算是對笑
話的評價，《五十年來的中國俗文學》一書則歸納如下：

　　一、笑話是解愁卻悶的消遣品。
　　二、笑話是人生空幻的哲理。

三、笑話是針砭人心的烈性藥物。

四、笑話是人生處世的準繩。

五、笑話是文學寫作的參考物。（見該書，頁103）

　　傳統的看法，雖缺乏理論的詮釋，卻也有他們的真知與灼見。前人所謂「神仙樂事君知否？只比人間多笑話。」「一日三笑，百病跑掉。」正是不易的真理。衡之於今日，笑話具有調劑精神、平息忿怒、增進友誼、消散愁慮、輔助消化及延年益壽等說法，事實上，其間並無不同。

　　在民國初年，笑話依舊是文人筆下的消遣作品，直到一九二四年間，它才昂然地抬起頭來，並且登堂入室的成為民俗學範圍內的民俗文學中的一部分。而後，笑話被認為是中國民俗學研究的重要資料，為中國學者們所重視。於是有人公開徵集，整理、發表和作為學術研究。不幸國共對立，這種整理學研究遂亦因而中衰。

　　由於取得民俗學的許可證，遂也為教育學所認同。一九二九年全國中小學課程起草完成，其中幼稚園課程列為專項，訂為幼稚園課程暫行標準。其課程第二項「故事和兒歌」內容，皆屬民俗文學，舉凡神仙故事、民間傳說、物語、歷史故事，笑話、寓言、兒童歌謠，謎語皆包括在內。至一九七五年十二月二十七日教育部修正公布幼稚園課程標準；其課程第五項「語文」有「故事歌謠」，即原來「故事與兒歌」的增添，內容亦以民俗文學為主。又內政部於一九七三年八月二十三日公布「托兒所設施標準」，其教保活動中，亦有「故事與歌謠」一項，內容也是民俗文學。（有關上述課程標準請參見宋海蘭臺北市師專兒童發展中心《幼稚教育資料彙編》下冊）民俗文學具有民族性、傳統性、鄉土性、群體性、口語性、和合性等性質（詳見正中書局《五十年來的中國俗文學》，頁4-5），可說與幼稚兒童的生活息

息相關。而「國民小學課程標準」把「笑話」列於健康教育的課程裡，在「健康的心理」的教材部分，指出從一年級起，就要指導兒童「說笑話」（見正中書局，頁57），可知笑話在兒童教育中所占的地位。因此一般的兒童文學論述也都有列舉到笑話、謎語。而事實上，據葉可玉在〈臺灣省兒童閱讀興趣發展之調查研究〉一文裡，笑話是最受歡迎的讀物。（見《政大學報》16期，頁330）

笑話的效用，已為生理學、醫學等學術界所印證與認同。笑話對人的身心健康、做人處事都有很大的助益。所謂笑話是用詼諧、有趣的話或事情來製造笑料，引人發笑的文字。笑話的種類形形色色，對兒童來說，許義宗認為內容應該是：

一、自然坦率，淺顯易懂，簡短易記，強調熟悉的事情。

二、要有點兒拐彎抹角，富有動作，想一想才會笑的。

三、避免取笑兒童「孩子氣」的笑話。

四、要高雅，不可流於低級和粗俗。（見《兒童文學論》，頁84-85）

笑話的來源，可說是無窮無盡；由古代到現代，我國到外國，到處都有精彩好笑的笑話。因為笑話和人類的生活息息相關，有人類就有笑話；而笑話的目的就是引人發笑。

說笑話、寫笑話要利用時機，善用感官，多方觀察，隨時記錄笑料；然後醞釀情緒，加強聯想，最後將其形於口，或著於筆，一則笑話於焉產生，尤其有幽默感的人更能創造笑話。

說笑話要運用技巧，先要有興奮的情緒、清晰的頭腦，明瞭笑話內容，再喚起兒童的興趣。簡明而有步驟的敘述，更運用不同的聲調和肢體語言來說笑話，這樣才能引人入勝、捧腹大笑。

　　目前，各種兒童雜誌大都有笑話專欄，且亦有笑話專集，但實際的笑話教學與應用，似乎並不重視。不久之前，電信局曾試開放「笑話專線」（4月9日起），在兩天裡，生意興旺，每小時平均有千次以上的電話響，可見大家對「笑話」的歡迎。可知說笑話、讀笑話、聽笑話大有人在，而論述笑話的人則不多。就中文著作而言，要以祝振華的《怎樣講故事說笑話》、《話說笑話》（見《說話的藝術》，黎明文化事業股份有限公司，頁52-59），及姚一葦的〈論滑稽〉（見《美的範疇論》臺灣開明書局，頁228-271）最為詳盡。尤其是〈論滑稽〉一文，可說就是笑話的理論。是以不揣陋學，編集有關笑話書目，以作為喜好者參考，並期能對笑話本身有正確的認識。

　　仲父在〈笑談的世界〉一文裡說：「盡讀臺北的笑話書是我這幾年的志願，我已買了不少，也讀了不少，但總跟不上出版，所以盡讀二字，只怕只能當作志願看，根本上是做不到的。」（見《中央副刊》，1983年7月22日）正與我心有戚戚焉，回想個人在笑話的尋求中，其中甘苦，可真不足為外人道。如今，始覺笑話就在生活中，此真為笑話的笑話。又所列舉書目中，有關論述部分，則不錄各種兒童文學教材；至於，所收笑話書，以古典和平實為主，其間常春樹書坊，有「笑的文學」二十多種，由於篇幅有限，只能提及而不錄：

一

笑的藝術　若虹著　臺北市：哲志出版社
幽默與東西方文學　林語堂著
日笑錄　董顯光著　臺北市：大林出版社
怎樣講故事說笑話　祝振華著　臺北市：黎明文化事業股份有限公司
幽默的藝術　赫伯特魯原著　鄭慧珍譯　臺北市：獅谷出版社

幽默逗笑術　林振輝編著　臺北市：大展出版社

發揮你的幽默感　林瑋編　臺北市：國井文化事業公司

幽默啟示錄　蕭政信編著　于人書坊

語堂文集（上、下）　林語堂著　臺北市：臺灣開明書店

如何開創你的創造力　哈佛管理叢書

水平思考法　愛德華・波諾原著　謝君白譯　臺北市：桂冠圖書公司

創造思考與情意的教學　陳英豪等著　高雄市：復文圖書公司

創造與人生　歐森原著　呂勝瑛等著　臺北市：遠流出版社

二

中國笑話書（七十一種）　臺北市：世界書局

醉翁談錄　羅燁撰　臺北市：世界書局

艾子雜誌（五種）　臺北市：世界書局

東坡禪喜集　〔明〕徐長孺輯　考古文化事業公司

莊諧選錄（上、下）　臺北市：新文豐出版公司

諧鐸　〔清〕沈起鳳著　考古文化事業公司

文苑滑稽譚　雲間顛公著　臺北市：新文豐出版公司

滑稽文集　硯雲居士編纂　臺北市：新文豐出版公司

繪圖解人頤　胡澹奄原輯　錢慎齋增訂　臺北市：新文豐出版公司

世說新語校箋　楊勇校箋　宏業書局

苦茶庵笑話選　周作人選　臺北市：里仁書局

中國歷代笑話　王進祥編著　臺北市：星光出版社

中國的笑話文學　臺南市：大夏出版社

笑破肚皮　林明德撰譯　高雄市：河洛圖書出版社

中國笑話選　伍稼青輯　臺北市：臺灣商務印書館　人人文庫

四書成語謎語聯語及趣聞　李炳傑編著

西笑錄　錢歌川譯　臺北縣：傳記文學社

名人現形記　龔鵬程編著　臺北市：你我他出版社

莫非定律　朱邦彥譯　臺北市：聯經出版事業公司

奇詩共賞　林守誠著　臺北市：水芙容出版社

再賞奇詩　林守誠著　臺北市：水芙容出版社

名流趣話錄（二冊）　趙蔭華編著　臺北市：臺灣學生書局

歇後語　言兆銘編　銀海出版社

北平的俏話兒　齊鐵恨編著　臺北市：中國語文月刊

北平歇後語辭典　陳子實主編　臺北市：大中國圖書公司

趣味問答集　綜合月刊社

拾趣錄　伍稼青輯　臺北市：臺灣學生書局

拾趣續錄　伍稼青輯　臺北市：臺灣學生書局

民國名人軼事　伍稼青輯　臺北市：臺灣學生書局

西洋幽默選粹　金仲宣編著　臺北市：聯亞出版社

奇諺妙喻　楊光中編著　臺北市：林白出版社

奇諺妙喻續編　楊光中編著　臺北市：林白出版社

妙言妙語　楊光中編著　臺北市：林白出版社

妙言妙語續編　楊光中編著　臺北市：林白出版社

妙事多多　金家曄編譯　臺北市：大展出版社

幽默小品　凡人編著　臺南市：西北出版社

笑話樂園　凡人編著　臺南市：西北出版社

古典笑話　王進祥編著　臺北市：星光出版社

新笑林　蘇明偉譯　臺北市：國家出版社

幽默小品（中國篇）　常笑生等著　高國書局

最新笑林廣記　劉省齋論著　臺南市：大行出版社

輕鬆笑話　張行德編　臺南市：綜合出版社

滑稽笑話　張行德編　臺南市：綜合出版社

中國民間故事笑話集　臺北市：陽明書局

中國名人笑話　陳虹編著　環宗出版社

幽默笑話選集　劉劍能編著　高雄市：志昌出版社

中國笑話故事　孟仲仁編著　臺北市：出版家文化事業有限公司

笑葫蘆　臺北市：牧童出版社

世界偉人輕鬆面　道滿三郎著　邱春木譯　臺北縣：暖流出版社

郎狗貓娘　喬莫野譯著　臺北市：三越出版社

大陸笑話集（第一輯）　臺北市：黎明文化事業公司

趣譚　喬獲樂編　彩虹出版社

儒林趣譚　顏孟坪著　臺北市：臺灣新生報出版部

笑話趣譚莞爾集　任翔南著　臺北市：臺灣新生報出版部

哈哈笑（第一輯）　讀者文摘特輯

哈公語錄　哈公著　香港：縱橫出版社

少數民族機智人物故事選　鄭謙慧編纂　新竹市：中國瑜伽出版社

洋蓋仙耍花招　李奠然神公編著　種衍倫譯　臺北市：皇冠出版社

土耳其幽默大師　黎克難編譯　臺北市：華欣文化事業中心

古典文學妙趣　錢化鵬編著

天下幽默集　洪潤澤譯　臺北市：新將軍出版公司

趙寧詩畫展　趙寧著　臺北市：華視出版社

開胃小品　臺北市：臺灣新生報印行

開心小品　臺北市：臺灣新生報印行

趣譯（一、二、三、四）　臺北市：中央日報社

仙吉兒童文學24期（笑話專輯）　屏東縣：仙吉國小

小笑話（全）　徐武雄編輯　臺北市：大千出版事業公司

歡樂年年　陳美儒主編　臺北市：臺灣新生報出版部

新小笑話　臺南市：福將文化事業公司

幽默筆記　桂文亞編纂　臺北市：聯經出版事業公司

俏皮天地　朱邦彥譯　臺北市：聯經出版事業公司

趣味笑話　臺南市：福將文化事業公司

小小笑話集　作文月刊社

三

滑稽列傳　司馬遷　見臺北縣：藝文印書館《史記會注考證》　卷一
　　　百二十六　冊十

諧隱　劉勰　見《文心雕龍》　弘道文化公司語譯詳註　頁198-211

論滑稽　姚一葦　見《美的範疇論》　臺北市：臺灣開明書店　頁
　　　228-271

談笑話的整理　齊如山　見《齊如山全集》　臺北市：聯經出版事業
　　　公司　冊十　頁5841-5884

論笑與淚　宮城音彌著　李永熾譯　見《人性的分析》　臺北市：牧
　　　童出版社　1982年6月　頁67-84

笑話　婁子匡、朱介凡編著　見《五十年來中國的俗文學》　臺北
　　　市：正中書局　頁99-115

論孔子的幽默　林語堂　見《論孔子的幽默》　臺北市：德華出版社
　　　頁83-87

論幽默　林語堂　見《吾國吾民》　臺北市：德華出版社　頁61-66

話說笑話　祝振華　見《說話的藝術》　臺北市：黎明文化事業股份
　　　有限公司　頁52-59

幽默是一種創造性的攻擊方式　吳靜吉　見《心理與人生》　臺北
　　市：遠流出版社　頁28-91

幽默的感受　夏元瑜　見《談笑文章》　臺北市：時報文化公司　頁
　　89-100

談幽默　梁實秋　見《雅舍雜文》　臺北市：正中書局　頁143-148

由三句半詩領略笑談的技法　如陵　見《中央日報》副刊　1983年6
　　月19日及20日

笑談的世界　仲父　見《中央副刊》　1983年7月22日

臺灣人的小笑話、臺灣人的滑稽故事　片岡巖著，陳金田譯　見《臺
　　灣風俗誌》　臺中市：大立出版社　頁369-418

談幽默感　林語堂　見《生活的藝術》　臺北市：德華出版社　頁
　　83-87

　　　──本文原載1984年8月《海洋兒童文學研究》第5期，頁16-24。

國語科混合教學釋義

　　國語是國語文的統稱。所謂「語」，當是指語言而說。語言一般說來，可包括書面語言、口頭語言及肢體語言。就國語科的能力而言，也就是聽、讀、說、寫的能力；因此，國語科的內容，包括讀書、說話、寫字、作文四項。但傳統的語文教學並不講求教學法，是以其間雖有王明德教學法、王明德教學法第二式、聯科教學、協同教學、戴硯弢教學法等教學法出現，但皆未能持久。以至於目前所謂的混合教學，也似乎言者諄諄，而聽者藐藐。雖然，臺灣省教育廳國民教育巡迴輔導團，於一九八三年七月恢復設置，並加強訓練輔導人員，專司推行及輔導工作；並於十月十一日起，巡迴全省各縣市輔導教學；其中，國語科輔導，即以混合教學為主。但效果如何，則有待考察。

　　國語科混合教學之所以推行不易，其因素雖非單純，但究其主因，實乃本身界說不清楚所致。因此，本文企圖從正名釋義入手，而入手的媒介，則以國語科課程標準為依據。個人認為能確實了解課程標準，則國語混合教學裡所謂的：教材如何混合運用、過程如何混合安排、教學時間如何分配，教學進度如何編擬等問題，似乎自可迎刃而解。

　　事實上，所謂混合教學並不是什麼創新的教學方式。它的出現，很可能就是從傳統教學法中得來的啟示。而後來又能正式發展成為國語科教學的主流，其間亦當與王明德教學法有相當的關係。

　　「混合」一詞，就國語科課程標準而言，始見於一九四二年十月公布的課程標準中：

初級國語教材，要和常識教材配合，並且要用混合的方法教
學。（引自陳鑫編著《國語科混合教學研究》，頁3）

「混合」一詞，是指與常識科配合的一種教學方式，但缺少實際的意
義。至一九四八年九月修正公布的課程標準，在時間支配部分，則有
較為明顯的規定：

> 1 如果有專教標準國語的教師，說話應當單獨教學，低年級每
>   週各六十分鐘，中高年級每週各三十分鐘。如果師資缺乏，
>   可以和作文混合教學。
> 2 第一、二學年讀書、作文、寫字各項作業，以混合教為原
>   則。每週教學時間，共三九〇分鐘。（頁89）

低年級的混合教學可說始見於此。但仍缺乏實際的意義，因為課程標
準中並沒有任何的提示與說明。

　　一九四八年九月通令實施的課程標準，並訂有「小學課程標準實
施辦法」，通令各省市遵照。不料共產黨作亂，中央政府暫駐臺灣，此
項課程標準僅能先在臺灣一省實施。經施行二年的結果，發現國語、
社會兩科課程標準，還不能和當時「反共抗俄」的國策相配合。教育
部乃於一九五二年一月邀請國民教育專家及實際從事國民教育工作同
仁，組織這兩科課程標準修訂委員會。這次修訂的國語科課程標準，
已把混合教學提升到中年級，在課程標準第二綱要「附時間支配」裡：

> 1 如果有專教標準國語的教師，說話應當單獨教學。低年級每
>   週各六十分鐘。中高年級各週三十分鐘。如果師資缺乏，可
>   以和作文混合教學。

2 第一、二學年讀書、作文、寫字各項作業，以混合教學為原則，每週教學時間，共三九○分鐘。

3 第三、四學年讀書、作文、寫字各項作業，可以混合教學，也可以分別教學。（頁88）

至一九六二年七月教育部修正公布的課程標準所謂的混合教學，又有了改變。在第二綱要、低年級教材綱要，時間支配：

二、自第十一週起，說話、讀書、作文、寫字各項作業，以混合教學為原則。（頁189）

又中年級教材綱要，時間支配：

一、第三、四學年說話、讀書、作文、寫字，以連絡教學為原則。（頁189）

又第三教學實施要點、「壹、教材的編選、組織」，要注意下列各點：
二、說話：

（一）說話教材應與國課本及其他各科教材聯絡，教師亦得自編教學單元及案例，作為教學材料。（頁192）

這次的課程標準明訂低年級自十一週起採用混合教學，而中年級則改為連絡教學。且又另有「聯絡」一詞出現。是以一九六八年一月公布的暫行課程標準，中高年級則以聯絡教學為主。而一九七五年八月公布的課程標準，不但中年級以混合教學為原則，且高年級亦以混合教學為原則。但中、高年級仍不排除分別教學。

　　而混合教學到底是怎樣的一種教學？又為什麼要混合？以下擬從一九六八年暫行課程標準與一九七五年課程標準的比較入手。試列表如左：

綱目	國民小學國語科暫行課程標準	國民小學課程標準
壹、第二時間分配：	自第十一週起，說話、讀書、作文、寫字各項作業，以混合教學為原則。（頁79）	同上。（頁80）
貳、三、四年級：一、	三、四年級說話、讀書、作文、寫字以連絡教學為原則。如果分別教學，說話占三十分鐘，讀書……（頁79）	易連絡為混合，又時間分配亦有不同。（頁81）
二、	作文每學期以十二次為原則。未寫作的週次，應連絡讀書教材，研討簡易的語法句法，為作文的基本練習（頁79）	同上。（頁81）
參、五、六年級：一、	五、六年級說話、讀書、作文、寫字，以連絡教學為原則。如果分別教學，說……（頁79）	易連絡為混合，又時間分配亦有不同。（頁81）
二、	作文每學期以十二次為原則。未寫作的週次，應連絡讀書教材，以口述或筆述方式，仿作類似文題，或研討作文方法。（頁79）	同上。（頁81）
第四實施方法：一、教學實施要點甲、教材的編選、組織，要注意下列幾點：二、說話（一）	說話教材應與國語課本，及其他各科教材連絡，教師亦得自編教學單元及案例，作為教學材料。（頁86）	首句改寫「說話教材應與國語課本單元教材，及其他各科教材連絡。」以下同。（頁88）

綱目	國民小學國語科暫行課程標準	國民小學課程標準
三、讀書（五）編排方面1.：	國語教材宜採用單元組織，並和各科教材連絡。其文體、句型應由淺入深，作有系統的排列。（頁91）	國語課本的教材，宜採用單元組織方式，把握內容和形式兩方式，在同一中心思想之下的各課，其文體和寫作方法要有變化，作為各種的範文，和作文方法的示例。（頁94）
4.		國語課本單元教材的設計，必須以讀書的教材為核心，顧及說話、作文、寫字等項教材取得連絡，以符合國語科混合教學之需要。（頁95）
9.		各學年每單元練習材料之設計，應以思想活動為中心，通過讀、說、作、寫四項指導，作統整性的作業活動。（頁95）
四、作文（一）		作文取材應適合兒童實際生活，並配合國語課本的教材、時令季節，作全年性有系統的計畫。（頁95）
（三）		作文教材可利用說話教學的內容，經整理

綱目	國民小學國語科暫行課程標準	國民小學課程標準
		後用作筆述的材料。（頁96）
（五）	文法的指導，要以讀書教材中已學過的材料做基礎，在讀書教學過程中隨時提出，並以兒童作文錯誤為例證。指導時要用歸納的過程。（頁92）	文句同，而課程標準列為（八）。（頁96）
五、寫字（一）	寫字的材料，開始時要用已經學過的、筆畫簡單的字。（頁九三）	同上。（頁96）
（二）	應連絡讀書材料，把形體相似或部首相同的字，類聚起來，編成單元教材，作有系統的安排。（頁93）	同上。（頁96）
六、教學指引的編輯：	無此目	每單元應正確的指出單元的教學目標，然後分析教材，訂定讀、說、作、寫四項的教學範圍及其重點，尤其此四項連絡成混合的教學重點，應先行確定，然後設計教學活動。（頁97）
乙、教學方法，要注意下列各點； 二、說話：（一）	各種說法的訓練，應根據教材綱要，每學期先作通盤計畫，訂定教學方式，編擬教材。俾教材與教法密切配合，以期達到普遍練習機會。（頁94）	同上。（頁98）

綱目	國民小學國語科暫行課程標準	國民小學課程標準
（二）	注意先聽後說；務使兒童聽熟之後，再學說；說熟之後，再換新教材。新教材要和已教的教材充分連絡，並且儘量應用練熟的詞句。（頁94）	同上。（頁98-99）
（十二）	說話和作文儘量採取連絡教學，練習說話後，將發表的內容整理成文，以期語言和文字打成一片。（頁95）	同上。（頁100）
（十三）	各科教學活動中，如運用語言討論和發表時，應隨機教學說話，指導兒童思考和組織，以增進學習的效果。（頁95）	同上。（頁100）
（十四）	無此條。	國語科教學指引內，應增列「說話指導」一項，提示各種教學方式，及教學活動設計。（頁102）
三、讀書（一）	無此條。	國語科宜採用混合教學法，以讀書為核心，說、作、寫各項作業活動，取密切的連絡。（頁100）
（六）	文法的指導，應以課文中的詞句為教材。一、二年級可以在需要時提出，三、四、五、六年級可以在課文深究中，用歸納的過程來比較研討。（頁	（七）文法的指導，應以課文中的詞句為教材，以提示文法觀念。第一、二學年可以在需要時提出，第

綱目	國民小學國語科暫行課程標準	國民小學課程標準
	96）	三、四、五、六學年可以在課文深究中，用歸納的過程來比較研討，然後練習應用（頁101）
（十六）	課外閱讀的補充讀物，要和課內讀物的教材互相配合，藉以補充課內閱讀的不足，並且要同樣考核成績。（頁97）	同上。（頁102）
四、作文（五）	作文的口述和筆述，應當常相連絡。例如同一題材，先講演（口述），再記錄（筆述），最後討論。或先講演，再記錄；或先記錄，再討論，無論筆述或口述，都得注意內容的價值，不單著重在語言文字形式的練習。（頁98）	同上。（頁103）
（十三）	作文要和各科（如各科的筆記等）連絡，並且要和團體活動（如學校新聞、學級新聞的擬稿等）連絡。（頁98-99）	同上。（頁104）

在修訂標準課程與舊標準的比較中，國語科對教材及教法有說明如下：

2. 根據實驗和評量的結果分析，針對教學的優缺點，提出具體的教學原則及其要點。（頁45）

而所謂「提出具體的教學原則及其要點」，當是指混合教學而言。在課程標準裡，對混合教學確實有更多的提示與說明。因此，我們知道所謂混合教學，是針對分別教學而言。同時，它與連絡教學亦當有別。而混合教學，與聯絡教學其異同又何在？我們再求之於字義。混，《說文》：

> 豐流也，从水，昆聲。（見漢京文化公司《說文解字注》，頁551。以下引《說文》、段注皆為漢京版。）

段注：

> 盛滿之流也。孟子曰源泉混混，古音讀如袞，俗作滾。《山海經》曰：「其源渾渾泡泡。」郭云：「水濆湧也。」袞咆二音，渾渾者，假借為渾混也。（頁551）

昆字本作「同」解。是以混有混合眾水同進之意。這種同進的混，含有統合、混然無別之意。而聯字，《說文》：

> 連也，从耳，从絲。從耳，耳連於頰，从絲，絲連不絕也。（頁597）

段注：

> 連者，負車也。負車者，以人輓車，人與車相屬，因以為凡相連屬之稱。周人用聯字，漢人用連字，古今字也。（頁597）

聯、連皆連續而不斷。無論是結合、或並比的聯，皆為有線索可尋，與統合的混有別。又絡字，《說文》：

> 絮也。一曰麻未漚也，从糸各聲。（頁666）

而通訓定聲則云：

> 絮也，从糸，各聲，按纏束之意。今本《說文》作絮也，誤。《廣雅釋詁》四：絡、纏也。（據臺灣商務印書館《說文解字詁林》十三冊，頁5901引）

各聲本義作「纏束」解，乃纏物使合之意；纏束必賴繩索線絲等，故從絲。又「各」本作「異詞」解（見《說文》，頁61），有各自為別之意，纏束物在合此為一以免散失入彼，故從各聲。至於合字，《說文》：

> 亼口也。从亼口。（頁225）

段注：

> 各本會作合，誤。此以形釋其義也。三口相同是為合，十口相傳是為古。引申為凡會合之稱。（頁225）

由上可知，連聯通用。課程標準中會有「連絡」、「聯絡」出現，實在沒有特殊用意，只能說用詞欠統一而已。同時我們也可以了解，所謂混合，非但形式的混在一起，且內容亦統合在一起，可說無從分

辨，猶如化學作用；因此，它是含有摻合調和，相輔相成的意思，不是混雜在一起，其間仍有其系統或理路。而連絡，則只是外表上的連在一起，仍可分辨各別的面目。兩者最大的分別，即在於統合的有無。

持此，可知所謂混合教學，非但是針對分別教學而言，且亦有別於連絡教學。混合教學，是指形式和內容的混合；同時，也包括縱與橫的混合而言。一般說來，主要是指本科的混合而言。至於連絡教學，只是內容的加入而已，主要是指和別種科目的連絡。

因此，我們可以說，混合教學最大的特色，即是在於教材的統整。而統整的根據則必須以讀書教材為核心。至於所謂以讀書教材為核心的統整，可依國語課本中有關教學大單元的教材為核心，亦可依國語課本中該課的小單元為核心。總之，教師必須有統整教材的能力，而後才能決定混合的方式。我們知道，混合教學是指，國語科教學中有關說話、注音、寫字、讀書和作文等教學活動，應該隨著課程的需要，混合在一起。也就是說，要把教材的組織、學習的過程，順著自然的程序和需要打成一片。跟連絡教學不同，連絡教學只是教材的連繫，在教法上不必連貫一致。所以，國語科混合教學，與其說是一種教學法，不如說是一種教學的提示，它是說、讀、寫、作等教學靈活調配的依據。因此，國語科混合教學的意義，是要以讀書教學為核心，配合讀書教材，選擇並安排有關說話、寫作、作文等教材，把握教學重點，訓練聽與說，讀與寫的一種教學。我們可以說，國語科混合教學，是一種能力本位的教學，所以，見之於課程標準裡，只是「具體的教學原則與重點而已」，而非是一種系統分明的手續或過程。我們了解，過分強調方法，很難避免形式主義的謬誤。課程標準裡不肯定指明為教學法，並且沒有設計出一套流程，其意義或即在此。因此，我們也當了解，所謂教學指引，亦只是原則與重點而已，而非一成不變。

　　混合教學的產生，係根據教學原理中兩個要則：第一是「先整體而後分析」，第二是「先簡單而後複雜」。所謂先整體而後分析，就是指導兒童學習時，先使其學習整體的，而後再使他們學習局部的，這是合於兒童學習的心理。至於先簡單而後複雜，也就是先使兒童學習簡單的，而後再使他們學習複雜的；這不但合於兒童學習心理，也是教材組織原理和學習原理的要求。國語科的混合教學，是將說、讀、作、寫四項混合起來，打成一片去教學，不必刻意告訴兒童課別。這種教學不但適合兒童能力，並且能啟發學習興趣，滿足兒童需要；同時更能增進兒童經驗。但在中、高年級裡，有時會有朝向分析或複雜的時候，是以所謂的混合教學，便有了不同的混合方式；而其選擇的關鍵，端視個人能力而定。並且也有可能採取分別教學，這也就是課程標準裡不排除分別教學的理由。

　　總結以上所述，其主要目的，雖在於正名釋義，但我們仍可了解混合教學，在實質上就是一種能力本位的教學。想勝任這種能力本位的教學，除了熟悉課程標準之外，自當以加強國語文的知識為主。

　　又本文所論，僅止於正名釋義，有關混合教學的全貌，未能一一詳述。是以不揣簡陋，試列所知有關混合教學書目（單篇文章除外），以供參考：

小學課程標準（1948年9月）　教育部印
國民學校課程標準（1952年11月）　臺灣商務印書館　1975年12月
國民學校課程標準（1962年7月）教育部國教司編印
國民小學暫行課程標準（1968年1月）　正中書局
國民小學課程標準（1975年8月）　正中書局
國民小學國語教學指引（首冊至十二冊）　國立編譯館主編
國民小學國語說話教學指引（上下冊）　國立編譯館主編

王明德教學法教學研究　蘇登光等編著　高市雄七賢國小
王明德教學法教學研究報告　李吉松等編撰　高雄市七賢國小
小學高年級國語科連絡教學　陳鑫編著　臺灣省國教輔導叢書

國教輔導叢書

國語科混合教學之研究
混合教學低年級作文指導研究
中年級國語科混合教學綱要
混合教學中年級作文指導研究
高年級國語科混合教學綱要
以上五書皆由臺北市國語實驗國小編著，臺北市政府教育局印贈

國民小學國語科混合教學舉隅　順大我著　臺北市師專
國語科混合教學研究　陳鑫編著　屏東師專
國語科混合教學法之探討　孟慶贛、李春霞編著　省國教輔導團出版
國語能力指導　譚達士著　省立臺北師專
國語教學答客問　劉秉南編著　益智書局
國民小學國語科學重點之研究　顧大我撰　臺灣商務印書館　人人文庫
國語文教學研究　羅季安著　教師之友社
語文科教學研究與實習　吳鼎編著　復興書局
語文科教學研究與實習　龔寶善著　正中書局
語文教學研究　林國樑著　童年書店
語文科教學研究　林國樑編輯　正中書局
國語文改進意見彙編　國立教育資料館編印　1980年3月

國語課程實施之調查報告　柯維俊　見國立教育資料館編印「國民小
　　　學新課程實施之調查研究」　頁75-104
國語科教學探討　孟慶贛、陳清枝編著　省國教輔導團出版　1984年
　　　9月
國民小學國語科教材教法研究第一輯　省國小教師研習會編印　1984
　　　年6月
低年級王明德教學法第二式理論與實際　成執權、蘇甘棠編著　高雄
　　　市愛群國小　1972年6月
戴硯弢教學法教學實例　祖振瀛編著　省教育廳印行　1976年

　　　——本文原載1984年12月《海洋兒童文學研究》第6期，頁2-13。

〈謎語研究〉及其書目

一　前言

　　謎語源於「隱」，而其效用要皆不失諷誡。我國謎語，由於語言文字本身的特質所致，其體制皆建立於文字本身的形、音、義之上。尤其字體，更見機智與情趣，是我國獨有的產物。但謎語由於本身的特殊結構，終難登入正統文學之林。

　　謎語的來源很早，韓非子喻老：

> 右司馬御座，而與王隱曰……（見世界書局，《新論諸子集成》本，冊五，《韓非子集解》，頁123。）

又《國語》〈晉語〉五：

> 有秦客庾辭於朝。（見漢京文化公司，《國語》，頁401）

到漢代，有稱為射覆，東方朔為此中能手，漸開後世諧隱之端。至唐代，種類已繁多。五代時，其風不衰，但一般說來，謎語仍是寄存於民間為主。

　　宋代，四海昇平，歲豐民樂，猜謎的風氣很盛。於是有職業性的「商謎」出現。「商」字的意義，就是任人商略。商謎，原為少數人的遊戲，它作為瓦肆中的表演技藝，從少數人的遊戲，演變成為群眾

性的娛樂，這是謎的發展必然的結果。在宋代，商謎不但在瓦肆中流行，且作為元宵節的點綴品，《東京夢華錄》卷六「元宵條」云：

> 正月十五日元宵，大內前，自歲前冬至後，開封底絞縛山棚，立木正對宣德樓，游人已集御街兩廊下。奇術異能，歌舞百戲，鱗鱗相切，樂聲嘈雜十餘里，擊丸蹴踘，……其餘賣藥、賣卦、沙書地謎，奇巧百端，日新耳目。（見大立出版社《東京夢華錄（外四種）》，頁34）。

又〈都城紀勝〉「瓦舍眾伎條」云：

> 商謎，舊用鼓板吹賀聖朝，聚人猜詩謎、字謎、戾謎、社謎，本是隱語。有道謎（來客念隱語說謎，又名打謎。）正猜（來客索猜。）、下套（商者以物類相似者譏之，人名對智。）、貼套（貼智思索。）、走智（改物類以困猜者。）、橫下（詐旁人猜。）、問因（商者問句頭。）、調爽（假作難猜，以定其智。）。（見大立出版社《東京夢華錄（外四種）》，頁98）

用鼓板吹「賀聖朝」，可見商謎表演時有音樂伴奏。於是，在謎語的一路流變中，燈謎突起。所謂燈謎，始於宋，而終於明；終而流為文人的詩文謎。也因此逐漸喪失其生命與朝氣。

謎語雖為文字遊戲，但仍不失為俗文學。一般說來，俗文學具有下列的性質：

一、民族性：俗文學非個人創作，乃屬民族集體的產物。民族的性格、德行、愛憎以及其生活的背景，均表現於其中。

俗文學如缺少了民族性，就失去了它的特色。

二、傳統性：俗文學的創作，固然最初的胚胎必然依從某一個人起始；其完成的過程，須經過集體的修改、補充、承認和流傳。俗文學的部門，沒有一樣東西是即時生長的；它一定是經過長時間歷史傳統的淵源。

三、鄉土性：樸素、率真、尋常、厚重；或許粗鄙，但不下流。土味兒十足，地方色彩濃厚；而由於其具有民族性，故不囿於一隅。

四、群體性：俗文學並非屬於某一階層或某一社會或某一教育程度或某一年齡的人，而是男女老幼，富貴貧賤，上智下愚所共有、所喜愛的。

五、口語性：俗文學它是生活在語言中，而非生活在文字上。固然現在俗文學各部門都有書本記載，但其不斷創造與傳承，還是在於千萬人的口語說唱。俗文學所賴以表現的第一件事，乃是它是口語的。

六、和合性：不堅持某一觀念或某一種傾向，不約束什麼，也不排斥什麼，只依著社會生活的習俗和民間傳承的進程順乎自然的推移，達到了和融的境界。（以上詳見正中書局《五十年來的中國俗文學》，頁4-5）

至於俗文學的價值有下列七點：

一、民族精神所據以表現。俗文學是潛沉的民族文化產物，普泛的貫注著民族精神，它教育、鼓勵、安慰我們老百姓，引起民族心性的團結，形成我們共通的愛憎。

二、擴展了文學的領域，正統文學，多從俗文學發展而來。

三、雅俗共賞，達到文學的普遍效用。俗文學非但老弱婦幼，
　　甚至文盲也能欣賞。至於文人學士對於俗文學的欣賞比一
　　般要來得境界擴大，特具深度。

四、老百姓從俗文學接受教育而構成人格。

五、俗文學永伴人生。

六、俗文學是各科學術研究的上等資料。民間傳承和社會歷史
　　進化的痕跡，常在俗文學的各部門之中。

七、方言古語的寶庫。語言為文學的要素之一，俗文學的這個
　　要素，多的是方言古語的包含，在語言學研究上，是最不
　　可忽視的一個領域。（以上詳見《五十年來的中國俗文
　　學》，頁18-21）

　　屬於俗文學的謎語，當然也具有上述的性質與價值。從歷史的考
察，民間口頭謎語題材多樣，且富生活氣息與地方色彩。由於它結構
上的特殊性，又不是以塑造人物形象來教育人為主；因此，它並不像
一般的俗文學作品，以反映重要的世態人情為特點。可是它既是俗文
學，就必然會反映人民的種種豐富的知識，更重要的是，它也必然會
在某種程度上直接反映人民群眾所目擊的社會生活、世態人情和自己
對待這些問題的特定的思想感情；有時還帶有某種喜劇性、諷刺一
生。譚達先認為我國謎語在不同的歷史時代中對人民群眾在培養智慧
上起著不同的作用。他說：

　　總的來說，謎語在中國古代和近代雖同是給人們培養智慧的口
　　頭作品，但它的作用是不很相同的：（一）在古代，謎語是教
　　育成人，同時也是教育兒童的好作品。這就是說，在古代，謎
　　語主要表現在對人們起著思想政治教育和知識教育的雙重作

用，其中某些作品還有著「興治濟身，弼違曉惑」的特殊作用。這個歷史時期的作品，自然是藝術作品。（二）在近代以來，謎語主要是起著娛樂身心和對兒童進行知識教育的作用。這個歷史時期的作品，所謂「興治濟身、弼違曉惑」這種為遠古謎語所具有的特別的作用，已逐漸消失，因此，它已主要是作為兒童教育的口頭作品而存在和傳播著。民間謎語上述的不同作用的出現，正是它在長期歷史發展過程中所形成的必然結果。（見《中國民間謎語研究》，頁41）

拋開歷史與教育不論，我們認為謎語是吸收知識，增進智慧、鍛鍊思考、陶冶性情，自娛娛人的絕妙工具；瑞君在《摩登謎語》一書裡，認為其功用有五：

一、陶冶性情。二、啟發思想。三、振奮精神。四、增加知識。五、發揚國粹。（詳見水芙蓉出版社，頁13-14）

在謎語的流變裡，主流當屬源遠流長的「謎語」。這種「謎語」即是所謂的民間謎語，或稱口頭謎語；舉凡城市或窮鄉僻壤，不論其文化水準高低，各地方均有各地方的謎語，是一般成年人與兒童們彼此口頭上所傳誦的一種難人的遊戲，為競賽知識方法之一種。各個地方皆有其獨特風格之謎語存在，與諺語、歇後語有異曲同工之妙。能說謎語的人不一定要有學識；只要他的記憶力強，對謎語愛好有興趣；他在此處聽了人家說過的，換了一個地方，他就自炫其能，將所聽到的，原原本本說出來給人家猜。這種較智鬥思遊戲，在百姓社會裡，是一種消遣解悶的高雅娛樂；並可附帶測驗出來某人思考靈敏，某人腦筋遲鈍。這完全是以口頭傳誦，而不須書寫；識字與不識字之

人皆可參加，是以陳光堯在《謎語研究》一書裡說：

> 庾辭有諷刺的特色，隱語只在隱寓意思，射覆語全為迷信的傳
> 說，風人體多係一般詩人的隱語，燈虎乃舊文人的詩文謎，謎
> 語則是現在一般民眾或兒童們彼此口頭上所玩弄的把戲。（據
> 正中書局《五十年來的中國俗文學》，頁181引）

這種民間謎語趣味深長、思想活潑、字句清淺、聲韻和諧、結構曲折
而自然。因此能為一般民眾所接受。其中更有小謎語，是專屬兒童閱
讀，這種小謎語字句淺顯而雅潔，音調自然有韻律，趣味深長如小詩
歌，完全用模仿人物狀態，而以抽象方法描寫。兒童對它有濃厚興
趣，因其內容不含典故；兒童的個性好奇，有求知慾，腦筋好活動，
這種小謎語，其內容成分範圍甚小，只限於人、物、事三種；物的成
分要占三分之二，大都是日常生活裡眼前的東西。總之，這種小謎語
其特點是：易記、易唸、易猜，字句簡潔，又都有押韻，唸起來順
口，猜起來有趣，兒童對它有濃厚的興趣。這種小謎語的興起，乃是
自明清以來；尤其是清末民初，在各地區深入民間而鬱勃的燈謎，竟
逐漸衝破適時應景的拘束，返璞歸真，再加上新學制的提倡，以及地
方教育的普遍發達，謎語遂與兒歌、童謠潛然匯流，結合成為新興的
小謎語。特別是在各地農村，每於農閒之夜，有見識的大人們，總喜
歡提供一些謎語給小孩子們去猜逗著玩樂，作為相娛節目。小謎語除
了易記、易唸、易猜之外，更可以啟發兒童的智慧，並藉以培養兒童
的判斷力；對往日的兒童來說，它更是文化生活中不可或缺的藝術
珍寶。

目前，幼稚園與國小課程標準皆列有謎語，謎語屬於詩歌部分；
在國小國語第五冊有「小鯉魚猜謎語」，第八冊有「猜謎語」。在兒童

的生活天地裡，點綴一些趣味盎然的謎語來猜射，可以調劑兒童身心，充實生活，對兒童的智慧具有啟迪作用。就兒童心理而言，給兒童的謎語，年幼的兒童應以生物謎、器具謎、人事謎為主，年長的兒童才提供地名謎、字謎、成語謎，除此之外，更應注意：

1　合於兒童生活。
2　便於兒童發揮辨別能力。
3　富有趣味性。（見許義宗《兒童文學論》，頁6-7）

　　猜謎本是兒童所喜歡的活動，時至今日，能以謎語作為教材者似乎不多見，以個人所見，較為出色的兒童謎語讀物有：

我來說你來猜　林武憲著　中華兒童叢書　1974年2月
謎海尋寶　尤增輝編著　兒童圖書出版社　1974年10月

以學校而言有：

仙吉兒童文學（謎語專集）第三十六期、仙吉國小主編　1982年7月

至為於兒童編寫的謎語入門書有：

看故事學燈謎　千華出版社　1982年6月

該書故事是曾小英編寫，謎語則是朱瑞君指導。當然，目前已漸漸有人加以重視。如屏東縣兒童語文教育研究會所舉辦第二屆小天使兒童

文學創作獎徵選作品中，就有謎語的創作一項。

其實，非僅小謎語不受重視；就是成人謎語，亦未見有何氣象。
曾細觀謎語之書，皆滯留於「格」的解說，少有權變的時代性著作，
更不論學術性的研究，其間可觀者有：

　　謎海　程振民　世界書局　1979年
　　燈謎的猜和作　王素存　世界書局　1979年
　　謎語古今談　陳香　臺灣商務印書館　人人文庫　1982年
　　摩登謎語　瑞君　水芙蓉出版社　1983年

一般說來，目前對於謎語的研究，實在比不上民國初期。民國初
期，俗文學受人重視，當時北京大學有《歌謠周刊》，中山大學有
《民俗周刊》（後改季刊），婁子匡主編有《孟姜女月刊》」。於是展開
對於俗文學的收集與研究。就燈謎而言，重要的著作有：

　　謎史　錢南揚　中山大學語言歷史研究所印行　1928年
　　謎語研究　陳光堯　商務印書館　1930年
　　民間謎語全集　朱雨尊編著　世界書局　1932年
　　謎語之研究　楊汝泉　年天津太公報社出版　1934

而這些書目前似乎皆未有人翻印。至1979年，又有譚達先的《中國民
間謎語研究》問世，就歷史與理論而言，可說是目前最好的著作，坊
間有翻印本。

由於本人執教於師專，且對教育與兒童文學頗有興趣；加上多年
的觀察與經驗，發現目前的教育，不能教導學生思考與情意的培養。
缺乏思考，則不易養成對真理的執著與追求；缺少情意，則不能構成

和諧的生命。站在語文教師的立場，應該加強謎語與笑話的教學，以便有助於思考與幽默的養成。是以不揣陋學，披閱有關謎語書冊，編集成文，以作為師專生兒童文學的教材。其間所論有：起源、別名、術語、體制、類別、特質、製作與猜射等項，旨在提供學生對謎語有個基本的認識與了解，進而能加以應用。至於文人的詩文謎，因為無助於教學之應用，是以存而不論。對於謎語，本人仍屬未入門者；非但不藏拙，且牽強附會雜說橫陳，蓋所謂拋磚引玉，有待指教者也。（1983年7月）

參考文獻

一

謎史　錢南揚著　中山大學民俗叢書第三十七種　臺北市：東方文化書局影印本　1969年

謎拾評注　唐景松著、黃朝傳注　臺北市：新興書局　1958年9月

彙園春燈話　春謎大觀（合刊本）　張起南撰　俞曲園等著　臺北縣：廣文書局　1983年12月

燈猜聯對指南　王人英著　高雄市：慶芳書店　1960年6月

燈謎大觀　臺北縣：普天出版社　1971年9月

謎海　程哲民著　臺北市：世界書局　1979年6月

燈謎的猜和作　王素存著　臺北市：世界書局　1979年4月

謎語古今談　陳香著　臺北市：臺灣商務印書館　人人文庫　1982年5月

摩登謎語　瑞君著　臺北市：水芙蓉出版社　1983年2月

中國民間謎語研究　譚達先著　臺北市：木鐸出版社　無日期

燈謎講座　王惠群編著　臺南市：大夏出版社　1982年10月

廣州謎語　劉萬章編　中山大學民俗叢書第十八種　臺北市：東方文
　　　　化書局影印本

寧波謎語　王鞠侯編　中山大學民俗叢書第二十種　臺北市：東方文
　　　　化書局影印本

河南謎語　白啟明編　中山大學民俗叢書第二十二種　臺北市：東方
　　　　文化書局影印本

燈謎叢話　徐立倫著　臺北縣：民族正氣出版社　1982年12月

中華燈謎學初稿（計三集）　朱家熹編著　謎譚雜誌社　1983年4月

新時代時代詩文集　黃永文著　謎譚雜誌社　1983年5月

燈謎入門及欣賞　李文忠著　彰化市：彰化社教館　1982年10月

四書成語謎聯語及趣聞　李炳傑編著　臺北市：正文書局　1978年5月

拆字、趣詩　呼延紅編著　臺北縣：將門出版社　1982年11月

文虎蒐集　楊歸來編著　臺南市：西北出版社　1983年2月

中國謎語大全　孫岱麟著　臺南市：西北出版社　1982年12月

燈猜謎語詩詞集　莊明偉等編著　臺南市：西北出版社　1983年2月

謎語七百則　張孜衛著　臺北市：星光出版社　1983年1月

謎語集錦　阿呆編輯　阿爾泰出版社　1982年1月

繪圖童謠大觀　臺北縣：廣文書局　1977年12月

北平諧後語辭典　陳子實主編　大中國圖書公司　1971年7月

妙言妙語　楊光中編著　臺北市：林白出版社　1977年9月

星光謎集　陳高城、陳昆讚合著　臺北市：星光出版社　1984年10月

中華燈謎學　朱家熹編著　臺北市：民族正氣出版社　1985年2月

二

巧妙的書謎（35開本）　謝麗淑編著　臺北市：青文出版社　1974年
　　　　3月

謎海尋寶　尤增輝編著　兒童圖書出版社　1974年12月

我來說你來猜　林武憲文　中華兒童叢書　1979年7月

奧妙的猜字（35開本）　戚克敏編著　臺北市：青文出版社　1980年
　　　　1月三版

可愛的謎語（35開本）　顏炳耀編著　臺北市：青文出版社　1981年
　　　　2月十版

新奇的猜謎（35開本）　顏炳耀編著　臺北市：青文出版社　1981年
　　　　12月十版

小小的謎語（35開本）　王大明編著　臺北市：青文出版社　1981年
　　　　12月十版

看故事學燈謎　朱瑞君燈謎指導　臺北縣：千華出版社　1982年6月

小博士謎語　臺南市：綜合出版社　1981年6月

趣味謎語（45開本）　文源繪編　莊家出版社　1981年6月

新兒童謎語　李春霞著　南投縣：樹人出版社　1982年2月

仙吉兒童文學（謎語專集）26期　屏東縣：仙吉國小　1982年6月

聯想式國小兒童猜謎語（第一輯三冊）　林樹嶺編著　臺北市：金橋
　　　　出版社　1983年2月

詩的謎語　舒蘭著　中華兒童叢書　1982年11月

謎語六百首　蔡明潔著　東海出版社　1977年

謎語樂園　黃桂雲編　臺北縣：大眾書局　1983年7月

新謎語（45開本）　志昌出版社　1981年11月

趣味謎語（45開本）　志昌出版社　1981年11月

臺灣民間文謎　陳定國作　現代教育出版社　1981年4月

小謎語大全（45開本）　徐武雄編輯　臺北縣：大千出版事業公司

數學趣談　臺北市：九章出版社　1981年1月

數謎　孫文先編譯　臺北市：九章出版社　1981年5月

猜猜看　陳金田輯　臺北市：中央日報社　1983年7月

科學謎語（45開本）　臺北市：新園出版社　無日期

植物謎語（45開本）　臺北市：新園出版社　無日期

動物謎語（45開本）　臺北市：新園出版社　無日期

新小謎語（45開本）　臺南市：福將文化事業公司　無日期

趣味謎語（45開本）　臺南市：福將文化事業公司　無日期

謎語天地（45開本）　臺南市：福將文化事業公司　無日期

謎語精華（45開本）　臺南市：福將文化事業公司　無日期

謎語天地（45開本）　劉武編著　臺北市：水芙蓉出版社　1984年1月

妙謎語（45開本）　劉武編著　臺北市：水芙蓉出版社　1984年1月

猜謎語（1、2）　劉兆源著　臺北市：水芙蓉出版社　1984年8月

猜謎語　臺北市：先河文化圖書出版社　無日期

謎宮之旅　康維人著　臺北市：啟元文化事業股份有限公司　1984年
　　　　6月

少年世界題精選　蔡奇潔譯　臺南市：正海出版社　1984年11月

創新謎語110　蔡清波編著　高雄市：愛智圖書有限公司　1984年12月

三

諧讔　劉勰　見《文心雕龍》第十五

謎語　婁子匡、朱介凡編著　見《五十年來的中國俗文學》　臺北
　　　市：正中書局，1963年6月，頁181-198

謎語　李獻璋編著　見《臺灣民間文學集》　臺中市：振文書局，
　　　1970年5月，頁244-293

臺灣的大人謎、臺灣的小兒謎　片岡山嚴著，陳金田譯　見《臺灣風
　　　俗誌》　臺中市：大立出版社，1981年1月，頁339-350

謎語錦囊　蕭政信編著　見《幽默啟示錄》　高雄市：廣場文化出版
　　公司第二篇，1983年12月，頁1-103
謎之情趣　紀金　見《中央日報》副刊，1984年2月22日
國文教學的潤滑劑　謎語　李炳傑　見《中國語文》月刊，1984年9
　　月份第327期，頁61-71
謎譚雜誌

　　　　——本文原載1985年4月《海洋兒童文研究》第7期，頁39-48。

臺東縣國民小學語文科教學現況及設備之研究

一　前言

　　語文為教育之本，因此，國語非但是學科，並且也是工具。語文學習的好壞，影響到教育的成敗，是以國小教育當以語文為基礎。

　　我們的教育，常有人喻之為「填鴨式」的教育，老師把知識往學生的「鴨嘴」猛灌。在填鴨的過程並一味追求最好的填鴨法，也就是所謂的「最好的教學法」，其實，在教育上並無「最好的教學法」，而優良的教學法亦無一套固定的模式。無論哪種教學法，只要運用得宜，即為優良的教學法。蓋教學本身即是藝術，教育也不是訓練，教育乃是個人經由所有的歷程以發展其對社會具有積極價值的各種能力、態度以及其他行為之統合。我們可以說教育應有兩個目的，一個是教人如何生存，一個是教人如何生活，而現代的教育太重視第一個目的，而忘記了第二個目的。是以現代的兒童教育強調學習環境，學習環境包括教室的布置、教具的選擇、桌椅的排列、顏色的配合、教學的方法、教材的選擇，以及教師的態度與聲音。一言以蔽之，這些環境皆需要由教師來左右，因此，又有所謂的能力本位師範教育，所謂能力是指能勝任工作，或擁有工作必備的知識和態度。申言之，教學是種變動無常的事情，且與人息息相關，而人又常在不斷變動之中。因此，最後的解答也許是永遠不會有的。有關教學的重要狀況，

係由教學過程中直接產生，而作為嚮導者、表率者、追求者、顧問者、創造者、權威者、鼓舞者、力行者、面對現實者的教師，必須具備有學科的基本能力，並掌握住教與學的內容隨著學生的發展、能力，以及學習的課目而變化的能力。

作為師專語文科教師的一份子，頗思了解國小語文教學的現狀，又值此師專改制之際，更增強了探討的動機，因此擬指導語文組同學對本縣部分國小語文教學現況做概略的問卷。後來得校方支援，與自然科、數學科一併進行，由於時間匆促，及旨意亦有不同，所以問卷設計自有別於其他兩科。

本調查旨在了解國小語文科教學的現狀，緣以教學乃以教師的取向為主，所以問題設計亦以教師為主體，企圖從教師的運作過程中來觀察其現狀。問卷設計分兩部分。第一部分以教師的自我學習及情意為主。第二部分以學校設備及教師應用設備的情況為主。設計內容取自「國民小學課程標準」、「國民小學設備標準」與「海外僑校中小學華文課程設備參考資料」，並及他人研究與論述。至於設計方式則是開放型、封閉型並用。每部分各二十題，而事實則約二十題左右。問卷則承三十二所國小教師之幫助，於所寄出九十六份問卷中，收回八十七份，收回率達百分之九十點六，且皆屬有效問卷。謹將各項意見，分析如下：

二　結果與討論

第一部分：教學現況

（一）您常向班上同學介紹書籍，鼓勵其閱讀嗎？

是　六十四人　占73%

否　十八人　占18%

未作答　七人　占7%

在六十四人中，問及最近介紹過哪些書時，多半放棄作答，其作答者介紹的書目是：

傳薪、水滸傳（三人）、科學故事（二人）、民間故事、中華兒童圖書系列（三人）、中國孩子的疑問（二人）、童趣、兒童文庫叢書、童話故事、每日一字、每日一辭、幼獅少年、文心、講理、我愛大自然信箱、世界偉人傳、中國成語故事、小牛頓、兒童三字經、生之歌、天地一沙鷗、三百字故事、漢聲小百科、蔣總統說故事、吳姐姐講歷史故事。

以上這些書目，有許多是似是而非，且皆屬廉價品，可見教師似乎缺乏選書的基本能力。

（二）您是否配合教材進度設計一些語文活動（如童詩創作、詩歌吟唱等）？

是　四十六人　占52.8%

否　三十一人　占35.6%

未作答　十八　占11.4%

可見語文教學仍以講述為主。而在所安排的活動中，又都以時下流行的童詩創作、詩歌吟唱為主，創意性的活動不多。這種現象，不知是教師無暇設計，抑或無設計能力。如果是時間不足，則可見教師職務過多；如無設計能力，則表示師專課程有偏失。總之，有關當局宜正視之。

（三）您常指定學生做哪些語文科作業？

在指定作業中列有「練習生字」、「日記」、「作文」、「書法」、「其他」、而本題重心在其他，填其他者僅見：查字典、童詩創作、閱讀心得報告、練習新詞、造句、朗讀、說（寫）故事。一般說來，作業方式缺乏變化，似乎仍有許許多多的其他方式可用。至於指定的作業，都能加以批改。因此，在基點上我們的教師尚稱盡職，只是缺乏新奇性、多樣性。

（四）您或學校曾否訂閱下列語文刊物？（可複選）

中國語文（六十三）　國地天地（二）　國文月刊（一）
兒童文學（二十）　語文園地（四）　聯合文學（五）　華文世界（○）　國語周刊（十七）

其中《中國語文》佔總刊物次的百分之五十六，可見該刊物已獲肯定。至於《國語周刊》亦漸受重視。其中《國文月刊》、《兒童文學》、《語文園地》是陷阱，並無此刊物，而填此者高達二十五次，真是不可思議。而更令人驚奇的是《華文世界》竟然掛零。以及大做廣告的《國文天地》，亦僅有二次。這種現象是否顯示自我進修教育之不足。又在問及貴班是否訂閱《國語日報》時，也有半數班級未訂。鄉下學生，財源不易，於此可見。

（五）請您寫出最近新出版字典、辭典之書名

填寫的書目有：國語日報字典、國語日報辭典、辭海、正中字典、破音字典、遠東辭典、名揚大辭典、中華兒童百科全書、幼獅百科全書、啟元兒童圖書字典、華視每日一字、華視每日一辭、三民書

局大辭典、成語典、中文大辭典、正中形音義大字典。

其中僅有《三民書局大辭典》是正確答案。而正中字典勉強算是半對，其正確名稱是《國民常用標準字典》，至於其他者，不是出版已久，就是答不對題。其實，新字典、新辭典、出版前後，都會大做廣告，而教師竟視而不見若此。因此，當問及是否知道教育部曾公布「標準字體」時，仍有十分之一的人不知道時，也就不足為奇了。這種現象，不知是否表示不重視語文？或是不重視語文工具？抑是表示自我進修之不足，皆足令人深思。

（六）您最近看過哪些新書（請寫書名）？

其書目有：路是無限的寬廣、愛生活與學習、主管時間秘笈、傳薪、偉人傳記、常用標準字解析、教育心理學、教育哲學、兒童心理發展、統計學、蔣夫人寫實、窗口邊的荳荳、中國語文、詩詞欣賞、兒童家庭與學校、教育與現代化、教育資料文摘、童話列車、兒童文學創作、創造思考與情意教學、勵志文選、資治通鑑、吳姐姐講歷史故事、我愛大自然信箱、成功術、錯別字訂正手冊、國音標準彙編、漢聲小百科、哈雷彗星、愛的學校、阿信的故事、蔣總統傳記、少年科學、光復百科大典、華一通俗文學、教育價值論、兒童知識寶庫、語言遊戲（趣味語文）、晤談指南、現代人生、人在家庭、婚姻面面觀、學校輔導工作、中國歷代演義。

總括以上書目，有雜誌、工具書，以及進修用的教科書，真正所謂的新書並不多，可知教師對新書資訊實在有待加強。但從部分書目中，仍可見老師是肯自我教育的。

（七）您曾否參加教師研習活動？（如板橋研習會）

是　三十二　占36.7%

否　五十　占57.4%

未作答　七　占8%

這是很出乎意料之外，因為參與研習的機會實在很多，而竟有如此之多的人沒有參加過。這種現象，可能是代課教師偏多，或是參與活動者皆限定於某些教師。可見所謂研習會並不切實際。主其事者理當多加注意。

（八）您目前正在參加進修嗎？

否　七十一　占81.6%

是　十一　占12.6%

未作答　五　占5.7%

在偏遠地區參加進修機會少，這是可預知且正常的現象，但目前進修機會有「空大」、「政大巡迴班」、「空中行專」、「花蓮進修部」，而僅有少數人參加進修，仍屬偏低。可見師專改制是有其必要性，唯有強化師資，方能有持續自我教育之可能。

（九）您曾做過教學方面的研究嗎？

是　十八　占20.6%

否　六十　占68.9%

未作答　九　占10.3%

教師不做教學有關之研究，而想達到教學的效果，那無異緣木求魚，只有努力的老師，才有出色的學生。這種現象，不知是否由於職責過重而無暇研究，或是由於能力不足所致。當然，缺少鼓勵與發表園

地，或許亦是原因之一，就問卷而論，其發表園地僅見國教之聲，及附小之專題研究。因此，師專改制後，其課程編制理當加強專科知能之研討及教育學術之研究。否則不易培養出人師來。

第二部分：設備

就國小語文科設備而言，實在是貧乏，這種貧乏，主要是來自於財源不足所致。因此，撥款購置設備，乃是當務之急，但細細思來，有時亦是人為因素使然。時聞購書比價論量，而不論品質，實在是不可思議。以下試分析二項，以見其梗概。

（一）請列舉　貴校現有的字典、辭典之名

所列舉書目有：國語日報字典（十四）、國語日報辭典（二十九）、辭海、辭源、辭林、辭藻、辭彙、康熙字典（七）、正中形音義大字典、標準字體表、植物學動物學大辭典、中華辭典、學生科學辭典、成語辭典、辭庫、破音字典、小學生字典、首尾號碼字典。

在上述書目裡，有不切題者，有品質不足者，其間要以國語日報字典、辭典為主。出乎意料，竟然沒有標準字音的《重編國語辭典》，更遑論有關標準字體的字典或辭典了。至於特種語文工具書更是不可能有的。設備如此，自不足以解決有關教學上的難題。

（二）您覺得，若不考慮經費來源時，貴校語文教學設備，須添置哪些器材？

他們認為須添置如下：視聽教具（幻燈機、幻燈片、閉路電視、錄音機、絨布板、磁鐵板、錄音帶、語言學習機、投影機）、作文量表、字體結構卡片、生字新詞語句卡片、九宮格小黑板、各班小型圖書櫃、班級圖書（語文刊物）、各班專用國語辭典、各班訂國語日

報、民間歷史故事、增添常用教學器具、依國語科設備標準之所有教
具、有關語文科所有教師書籍、速讀教材資料、傀儡戲舞臺、兒童讀
物雜誌、科學讀物、辭源、辭海。

　　能重視視聽教具，這是可喜的現象，可見教師都有跟上時代與求
好之心。但其間不見大量購置兒童圖書。如果真有充足的經費，不知
是否有能力購置品質好且有效的設備。

三　建議

　　教育為百年大計，身為教師者自當以終身事業為期許，否則終難
向歷史交代。但徒善不足以行，是以有以下之建議，提供參考，以達
集思廣益之效。

　　一、工欲善其事，必先利其器。學校想要臻至理想境界，首先要
有完善的設備。而所謂設備必須是長期性的添購。偶爾的專款撥用，
並非治本。尤其像圖書之類，對學童而言，形同消耗品，再加上學童
的需求欲大，如果不能長期添購，則效果自然不張。顯然，也會給教
師作為有利的藉口。

　　二、教師自我教育與敬業精神似乎不足，主管當局除加以關注，
及採用有效的鼓勵方式之外，似乎亦有檢討師專教育的必要，師專時
期所修有關教育學分，可說不少，而其實際現象如此，可見敬業與自
我教育之精神，並非僅靠理論就能達到，或許給於學習環境更為重
要。在此改制之時，所謂「原有空間場所不足」、「原有設備仍嫌不
足」、「師資素質有待提高」均屬當務之急，否則換湯不換藥，並不切
實務。

　　三、目前語文科教學有失單調，缺乏變化與多樣性。並且研究風
氣不足，其原因並非單純。但主要原因則不得不歸之於能力不足。除

語文組稍有該知能外，其他科組學生則僅具皮毛，如此從事語文科教學，自然不會深入有效。也因此只能採用最單調的講述法。又從許多有關的研究報告裡，皆顯示師專學生與國小教師對「會運用語文科工具書」一項，並不認為是應具備的能力。教師不具備運用語文科之工具書，自是學科能力不足之表徵。學科能力不足，則不會有解決疑難的能力，當然，更談不上做研究，一個不做研究的教師，終會淪為教書匠。其實，由於科技發展之一日千里，國民教育之內涵不斷擴大加深，再加上學術領域之不斷分化，師專生多已不滿足於通才之學習，對改制後之國民教育學院，亦皆主張分設不同科系，典顧語文、社會、自然、數學與藝能師資之培育。因此，改制理當加強學科知能之研討及教育學術之研究，教師不可能是全能，藝能科採分科，其他學科亦當採分科，因為各學科皆有其專業之知能。一味強化教學知能與敬業精神之培養，容易淪為形式主義。是以師專改制，理當針對國小學科分系，不可過分遷就現狀。

　　四、從以上的探討，更加深了我們的信念；教育是國家的根本；文化是民族的命脈；師範是教育之母；而國語文教育乃是師範教育的重心。所以不論是復國、建國、振興教育、發揚文化，國語文是最重要的一項教學工作。如果，今日仍有人認為國語文人人會教，實在是不可原諒的謬誤，個人提出此份報告，旨在從本縣國語文教學的現況中，了解語文教師的情意動態，進而期望師範教育能早日臻於理想與成功之境地。尤其在師專改制之時，更盼望決策者能有高瞻遠矚之考慮。

參考文獻

一　中文書籍

國民小學課程標準　教育部公布　臺北市：正中書局　1975年8月

國民小學設備標準　教育部公布　臺北市：正中書局　1982年1月

海外僑校中小學華文課程設備參考資料　林清江、黃昆輝編著　臺北市：正中書局　1969年7月

國語文改進意見彙編　臺北市：國立教育資料館編印　1980年3月

語文科教學研究　國立編譯館主編　臺北市：正中書局　1983年9月2版

國民小學新課程實施之調查研究　臺北市：國立教育資料館編印　1983年3月

國民小學教師基本能力研究報告　臺北市：省國小教師研習會編印　1976年10月

師專生國語文基本能力分析調查研究報告　臺北市立女子師範專科學校　1975年9月

小學教師的專業知識　張植珊、林幸台編著　臺北市：正中書局　1979年12月

能力本位師範教育　黃光雄等譯　高雄市：復文圖書出版社　1983年5月

教育目標的分類　黃光雄等譯　高雄市：復文圖書出版社　1983年6月

國民教育論叢　水心著　臺北市：臺灣商務印書館　1979年9月

創造思考與情意的教學　陳英豪等編著　高雄市：復文圖書出版社　1980年11月

教育與訓練　黃炳煌著　臺北市：文景出版社　1983年5月

教育與進步　黃政傑著　臺北市：文景出版社　1985年6月

教學之藝術　吉爾伯、哈艾特著，嚴景珊、周叔昭譯　臺北市：協志
　　　工業叢書　1970年12月4出版

小學教師優良品質的養成　張崇賜編著　臺北市：臺灣書店　1967年
　　　6月

教師素質研究　中國教育學會主編　臺北市：臺灣商務印書館　1976
　　　年11月2版

如何做教師　程本海著　臺北市：正中書局　1977年10月增訂2版

教師效能訓練　麥士、哥頓原著，歐中談譯　臺北市：教育資料文摘
　　　1980年4月

現代的理想教師　林本著　臺北市：臺灣開明書店　1983年3月2版

如何做個好老師　浦里亞斯、楊格原著，周勳男譯　臺北市：幼獅文
　　　化事業公司　1984年5月6版

教師與學生　呂明德譯　臺北市：幼獅文化事業公司　1985年4月再版

二　中文期刊

中國語文

教育資料文摘

華文世界

　　　——本文原載《國教之聲》第19卷第3期，1986年3月，頁47-51。

修辭學的理論應用及其書目

一　修辭學之名義與性質

　　會說話的人，不但說得出，並且說得好；會寫文章的人，不但寫得出，並且寫得好。怎樣才能說得好、寫得好呢？這就要看「修辭」的本領。什麼是修辭呢？簡單的說：修就是調整，辭就是語言（包括文字）。修辭，就是調整語言，使它恰好傳達出我們的意思。

　　所謂調整語言，乃是依照我們的意思去調整。我們想要發表的意思如有不同，被調整的語言也便會有不同。而其調整的原則在於必須切合思想內容，和適合情境。

　　申言之，我們為了把話說得清楚明白，以及具體生動，我們不但要注重選擇詞語、句式，有時還要採用一些巧妙有效的特殊的表達方式。

　　選擇詞語、句式，或者應用特殊的表達方式，來表達思想情感的技巧是修辭；為了增強語言的表達效果，在調整語言上所進行的一切努力，也是修辭。凡是有關利用語言的表達功能來加強表達效果的各種現象，都是修辭現象。為了研究如何調整語言表意的方法，設計語言優美的形式，使精確而生動的表達出作者或說話者的意思，期能引起讀者之共鳴的一種藝術，就是修辭學。

　　修辭學以修辭現象為研究對象，修辭現象是具體的，又是紛雜複雜的，但它也並不是沒有規律可尋。修辭學的任務就是要對各種修辭現象進行觀察、分析、綜合，找出條理，理出系統，並從而發掘出

規律來。所以，我們可以說：修辭學就是語言符號表達技巧的一種
藝術。

　　語言為人類所獨有，它是人為的聲音與符號，與人類生活最有密
切關係。不論語言是源於神所賜，或是人類自己發展的結果，皆無損
於它是人類傳播的主要方法系統。人們很早就知道如何利用語言遊戲
以達成某些目的——誘騙、說服、誇耀自己的聰明才智，博取尊榮或
尊重。孔子的教育有四科，其中有一門是「語言」，可見孔門重視語
言表達訓練。「辭能達意」，是語言表達初步的要求，能有技巧地表
達，讓那意思更完美地說出來，就要有進一步的訓練。

　　修辭就字義而言，修是修飾、修治的意思。《說文解字》九上彡
部：

　　　　修，飾也。从彡、攸聲。（漢京文化公司，頁427）

段注云：

　　　　巾部曰：飾者，刷也。又部曰：刷者，飾也。二篆為轉注，飾
　　　　即今之拭字。拂拭之，則發其光采，故引申為文飾。女部曰：
　　　　妝者，飾也。用飾引申之義，此云修飾也者，合本義、引申義
　　　　而兼舉之。不去其塵垢，不可謂之修；不加以縟采，不可謂之
　　　　修。修之从三彡者，灑刷之也，藻繪之也。修者，治也，引申
　　　　為凡治之稱。匡衡曰：治性之道，必審己之所有餘，而強其所
　　　　不足。（同上）

這個「修」字，至少包含兩種意義：一是消極地要去其塵垢，即灑
刷。一種是積極地要求加以縟采，即藻繪。

　　至於「辭」字，本指辯論的言辭。《說文解字》十四辛部：

　　辭，訟也。从𤔔辛。𤔔辛猶理辜也。（漢京文化公司，頁749。）

辭是由𤔔、辛兩字配合成的會意字。表示處理訴訟的說辭。《尚書》〈呂刑〉：「師聽五辭」，《周禮》〈秋官〉〈小司寇〉：「辭聽」，《禮記》〈大學〉：「無情者不得盡其辭。」都用辭的本義，後來字義擴大，包括一切言辭與文辭。

　　合修、辭二字，成為一個完整的觀念，則首見於《周易》乾卦〈文言傳〉：

　　　　子曰：君子進德脩業。忠信，所以進德也；修辭立其誠，所以居業也。（見藝文印書館《十三經注疏本》《周易》，頁14）

「脩」是「修」的假借字。「脩辭立其誠」是儒家揭櫫的一條原則。孔穎達《周易正義》：

　　　　修辭立其誠，所以居業者：辭謂文教，誠謂誠實也。外則脩理文教，內則立其誠實，內外相成，則有功業可居，故云居業。（同上）

他以「脩理文教」來解「辭」，和現在「修辭」的涵義不同。《禮記》〈表記篇〉有「情欲信，辭欲巧」之說，若以「辭欲巧」來解釋「脩辭」則與現代的「修辭」意思正好合。

　　修辭學在我國成為一門完全獨立的學問，雖然是晚近數十年間的事，但古人實亦已重視修辭，如《論語》〈憲問篇〉云：

　　　　子曰：為命。禆諶草創之，世叔討論之，行人子羽修飾之，東里子產潤色之。

鄭國政府的辭命，要經過四位大臣草創、討論、修飾、潤色的次第，才算定稿，這就是古人修辭的事實與過程。孔子修《春秋》，更是修辭最好的典範。

　　至晉人陸機著《文賦》，可說是最早且最完整的修辭著作。其次是齊梁人劉勰《文心雕龍》、宋人陳騤《文則》、李耆卿《文章精義》，金人元好問《錦機》，元人王構《修辭鑑衡》，明人徐元太《喻林》，清人劉大櫆《論文偶記》、劉青芝《續錦機》。其間《喻林》，分十門，每門又各分為若干子目，凡五百八十多目。《四庫全書總目》卷一百三十六有云：

> 自六經以來，即多以況譬達意，而自古未有彙為一書者。元太是編，實為創例。其蒐羅繁富，零璣斷璧，均是為綴文者沾匄之資。是亦不可無一之書矣。（見藝文印書館，1974年10月四版，冊五，頁2671-2672。）

比喻的研究，在西方的美學和修辭學中，是重要的一環。是以徐元太的《喻林》，不但是「綴文者沾匄之資」，更是修辭學研究中極珍貴的材料。它實在是我國古代比喻的百科全書。今有新興書局影印本。又《續錦機》可說是集中國古代修辭學的大成，輯錄了前人有關修辭的論述而加以適當的編排。共計十五卷，附錄遺六卷，這本書在中國修辭學史的價值有：

> 一、它是具有明確的修辭觀點。
> 二、它繼承了中國古代修辭學的優美傳統。
> 三、它總結了中國古代修辭學的成就。
> （引自蔡宗陽〈修辭學的重要參考書〉一文）本書目前坊間未見刊本，中研院史語所傅斯年圖書館藏有此書。

　　一般說來，中國雖有講修辭的書，但皆只當文章法則看待。清末文法學興，又將修辭的事歸於文法。由於對文法與修辭的觀念往往混淆不清，所以修辭學在我國遲至晚近才發展成一門獨立的學問。

　　國人視修辭學為一種專門而自成系統的學問，是緣自日本的，而日本是由西方傳入的。中樞遷臺以前，有關修辭學著作不易獲知，但仍可從下列文章中略知端倪：

　　　修辭學　楊家駱　見《民國以來出版新書總目錄提要初編》上
　　　　　冊　1972年1月臺北再版　頁203-205（1933年7月南
　　　　　京初版）
　　　中國修辭學研究引言　高明　見黎明文化事業公司《高明文
　　　　　輯》下冊　1978年3月　頁339-346
　　　修辭學導讀　黃慶萱　見康橋出版事業公司《國學導讀叢編》
　　　　　下冊　1979年4月　頁1201-1229
　　　修辭學的重要參考書　蔡宗陽　第37期《華文世界》　見1985
　　　　　年7月　頁29-32

　　早期修辭學的著作，自以陳望道的《修辭學發凡》最為流行。坊間有易名為《修辭學釋例》，也有易為《修辭類說》的。

　　至於遷臺後的修辭學著作，或始自高明先生的《中國修辭學研究》，原文曾在《中國語文》月刊一卷二期起連載。除引言外，計有修辭總論，論風神、論氣骨、論情韻、論意境、論體性、論格調、論聲律、論色采等九章，似未曾單獨刊行，現收存於《高明文輯》下冊中。又王夢鷗先生在《文學概論》裡，以語言藝術的觀點論「意象」。二位可說是開修辭學研究之先，但皆未因此引起研究修辭學風氣。直到一九七五年一月黃慶萱先生的《修辭學》問世，始針對當代文壇實況，採用最新辭例，在辭格理論上融貫建樹，為中國修辭學研

究創一嶄新局面。只是此書詳於辭格，而略於篇章修辭及消極修辭。

修辭學是文學的基礎學科。就目前中國文學而言，它的基礎學科有五：文字學、聲韻學、訓詁學、文法學、修辭學。文字學是研究文字構造的學問；聲韻學是研究文字聲音的問題；訓詁學是研究文字意義的學問。這三科有助於對「文字」形音義的了解。而文法學是研究詞句結構方式的學問。至於修辭學，它要使人在了解文字、造通句子之後，更進一步地追求辭令之美。這五門學科之中，前四者研究的對象都是「事實」，事實的了解只是知識的第一層。修辭研究的對象，除「事實」外，還牽涉到美醜等「價值觀念」，要使辭令臻於「理想」。而價值的判斷與理想的追求，正是知識的第二層次。

由此可知，修辭學不僅與文字學、聲韻學、訓詁學、文法學同等重要，且更居於基礎學科的最高層。蓋了解修辭的理論與規則，有助於文學的創作與欣賞。就創作而言，文學本是「語言藝術」，文學語言是以意象為主，而作者的意象，則是修辭的內容本質。文學語言的傳達力，不論是「狀難寫之景如在目前」，或是「含不盡之意見於言外」，皆與修辭有關。又就欣賞而言，修辭可以提高閱讀與欣賞的能力。使人了解好文章的妥切與美妙處。

傳統的文學欣賞與批評，過分注重外緣的研究，而忽略了作品本身的價值。因此，自新批評興起後，把文學作品視為一完整獨立的有機體。於是，致力於字句、意象、多義、結構之研究。如此一來，文學批評與欣賞幾乎全以修辭為對象。

二　修辭學與語文教育的關係

由於修辭具有「創作與欣賞」之實際效用。因此，它更是語文教師必備的基本能力。為了提高語文教學的素質，身為語文教師者，

必須掌握一定的分析修辭現象的理論和技能，必須具有一定的修辭知識。

語文教育，應該是閱讀、欣賞、說話、寫字、作文並重。而今日的語文教育，文言文多只作解釋、翻譯，白話文更有只唸完就算了的，很少有人注意到欣賞；閱讀與創作也脫節。要改正這種弊端，重視修辭學是很重要的方法。黃錦鋐先生於《實用中學國文教學法》裡說：

> 國文教學中能夠舉出作者修辭的功力所在，從而指導學生自己辨認，慢慢的使學生浸淫其中，消化應用，自己也能斟酌修改，那國文教學也可以說相當成功了。（見教育文物出版社本，1978年1月，頁76）

國文教學應以修辭為工具，就篇論篇，不必涉及太多課外的例子。也就是應該就文章來談修辭，不必離課文大談其修辭的知識。

國文教學必須重視修辭，而國小的國語教學也必須重視修辭。國語課竹程標準總目標依教育目標的分類法而言，其中屬於情意目標者有：

一、指導兒童由語文學習活動中，養成倫理觀念、民主風度及科學精神，激發愛國思想，並宏揚中華民族的文化。

二、指導兒童由語文學習活動中，充實生活統驗，陶鎔思想情意，以培養其豐富活潑的想像能力，和有條不紊的正確思考能力。

六、指導兒童研讀國語課文，養成良好的閱讀習慣，了解文章的作法，及下列四種閱讀能力，以適應生活上的需要：

（一）迅速瀏覽，了解大意。

（二）用心精讀，記取細節。

（三）綜覽全文，挈取綱領。

（四）探究內容，推取含義。

七、指導兒童閱讀優良課外讀物，養成欣賞兒童文學作品的興趣和能力。

八、指導兒童養成自動的寫作意願與態度，及寫作的基本能力；以期所寫作品，達到下列要求：

（一）敘述清楚，題旨明白。

（二）詞句恰當，文法正確。

（三）情意豐富，文理通順。

（四）層次分明，結構緊密。（見《國民小學課程標準》，頁75-76）

而這些情意目標的達成，似乎要以修辭最為有效。只有從分辨文章妥切美妙與否的修辭入手，才容易引起學生學習的興趣，進而能提高學生的閱讀能力和寫作能力。

三　修辭學書目

最後，人不揣簡陋，試列中樞遷臺後所刊行有關修辭書目如左，或有助初學於一二。而學修辭者也自當擴充學習層面，旁及邏輯、心理學、語言學、美學等，以求修辭學有更深廣的理論基礎。同時，更應該把基礎建立在行為科學之上，從社會各階層人士的談話中，及古今中外文學名著中，覓取修辭實例，分析比較，使修辭學有更大的實用價值。又讀者若有興趣於修辭分析，或可從詩入手；其中又以楊喚

童詩最為合適。

（一）修辭學專書

修辭學釋例　陳望道著　臺北市：臺灣學生書局　1963年10月再版

修辭學大綱　夏宇眾著　馮長青影印發行　1967年4月臺一版

從作文原則談作文方法　蔣建文著　臺北市：臺灣商務印書館　1967
　　　　年4月

修辭學　傅隸樸著　臺北市：正中書局　1969年2月

中國修辭學　楊樹達著　臺北市：世界書局　1969年6月

字句鍛鍊法　黃永武著　臺北市：臺灣商務印書館　1969年8月

修辭學論叢　洪北江編輯　臺北市：樂天出版社　1970年5月

古書修辭例　張文治著　臺北市：臺灣中華書局　1971年3月臺3版

修辭學發微　徐芹庭撰　臺北市：臺灣中華書局　1971年3月

國文修辭學　宋文翰著　臺北市：新陸書局　1972年11月

修辭學　黃慶萱著　臺北市：三民書局　1975年1月（續版增有
　　　　〈序〉、〈附錄〉）

修辭論說與方法　張嚴著　臺北市：臺灣商務印書館　1975年10月

中國詩學（設計篇）　黃永武著　臺北市：巨流圖書公司　1976年6月

文章破題技巧及修辭方法之研究　徐芹庭　臺北市：成文出版社
　　　　1976年7月

我教你修辭　黃基博著　高雄市：臺灣文教出版社　1976年9月

實用國文修辭學　金兆梓著　臺北市：文史哲出版社　1977年12月

修辭學研究（包括陳介白《修辭學講話》、佚名《中國修辭學》）　臺
　　　　北市：信誼書局　1978年7月

實用修辭學　林月仙著　臺北市：偉文圖書出版社　1978年6月

實用高級修辭典　張亦著　光華文化公司　1978年11月

實用修辭學作文　鄭發明著　自印本　1980年4月

修辭類說　陳介白著　臺北市：文史哲出版社　1980年9月

演講修辭學　蔣金龍著　臺北市：黎明文化公司　1981年6月

修辭析論　董季棠著　臺北市：益智書局　1981年10月

現行國民中學國文課本淺易修辭格法釋例及整理　林清標著　臺北
　　　市：重慶女子國中國文科教學研究會編印　1982年4月

童詩開門（一、二、三）　陳木城、凌俊嫻著　臺北市：錦標出版社
　　　1984年4月

快樂的童詩教室　林仙龍著　臺北市：聯經出版公司　1983年11月

第一流的修辭法　高登偉編著　臺北市：金林文化事業公司　1985年
　　　6月

活用修辭　吳正吉著　高雄市：復文圖書出版社　1984年6月

古漢語修辭學資料彙編　鄭奐、譚全基編　臺北市：明文書局　1983
　　　年9月

選詞用字　蕭奇元編著　臺北市：中友文化事業公司　1985年4月

字句鍛鍊法（增訂本）　黃永武著　臺北市：洪範書店　1986年1月

（二）修辭學相關論著

文學概論　王夢鷗著　臺北市：帕米爾書店　1964年9月（1976年改
　　　由藝文印書館再版發行）

寫作指導　兒童月刊社主編　臺北市：兒童圖書出版社　1974年10月

作文引導（第一冊）　鄭發明、顏炳耀、陳正治合編　臺北市：國語
　　　日報出版部　1976年4月

作文技巧與練習　鄭發明、顏炳耀、陳正治合著　臺北市：學生出版
　　　社　1976年11月

文燈　蔡宗陽著　臺北市：國語日報出版部　1977年8月

高明文輯（下）　高明著　臺北市：黎明文化事業公司　1978年3月

作文能力訓練　任興聲著　高雄市：復文圖書出版社　1983年2月修
　　　訂初版

詩與美　黃永武著　臺北市：洪範書店　1984年12月

詳析「匆匆」的語法與修辭　方師鐸著　臺北市：臺灣學生書局
　　　1983年4月

清通與多姿　黃維標著　臺北市：時報出版公司　1984年10月

（三）修辭學相關論文

修辭學導讀　黃慶萱　見臺北市：康橋出版事業公司《國學導讀叢
　　　編》下冊　1979年4月　頁1201-1229

國中範文修辭選釋　林瑞娟　見臺北市：萬華國中編印《作文教學討
　　　論與創作》　1980年4月　頁82-98

修辭學與國文教學　黃慶萱　見臺灣師範大學中等教育輔導叢書《如
　　　何教國文》　1981年6月　頁34-42

修辭學在國文教學上的運用　蔡宗陽　見臺灣師範大學中等教育輔導
　　　叢書《如何教國文》第二集　1982年6月　頁179-202

修辭學的重要參考書　蔡家陽　見《華文世界》37期　1985年7月
　　　頁29-32

從語法修辭觀點發掘童詩問題　柳拂隄　見《中國語文》第343期
　　　1986年1月　頁67-83

透過修辭手法評杜詩「觀公孫大娘弟子舞劍器行」　林春蘭　見《中
　　　國語文》348期　1986年6月　頁63-67

修辭學的應用與推廣——兼論小學生的修辭經驗　杜萱　《中國語
　　　文》348期　1986年6月　頁68-78

　　　——本文原載《國民教育》第27卷第9期（1987年3月），頁15-19。

從課程標準看國語科教學

　　語言是人類所獨有的行為。人類的文化、社會行為，以及思想，全部需要語言來傳遞溝通；心理學家甚至於一度認為語言就是思想。

　　有關語言的定義不勝枚舉，但是從眾多的定義中，我們發現語言學家大都認為語是——「有系統、是以聲音為傳訊的符號、是任意（約定俗成）的、是人的自主而有意識的行為，以及是與文化有關的社會行為。」（見謝國平《語言學概要》，三民書局，頁10）

　　語言學家把我們內在所具有的知識稱為「語言能力」；而把實際的交談稱為「說話行為」。引申的說：語言能力是一種複雜的認知系統，是我們說話行為的基礎。因此語言學研究的主要內容是有系統的語言能力，也就是一般人所說的語言。

　　語言是我們內在的能力，形之於外，則有兩種形式：一是口語；一是文字。從語言演化的觀點來看，口語是語言比較基本，並且是主要的表達方式，而文字則屬次要。擴而言之，廣義的語言包括口頭語言（聲音語）、書面語言（書面語）與肢體語言三種，也通稱為語文。

　　有人認為內在的語言是思想的工具，而外在的說話則是意見溝通的工具。語言這兩種使用方式都能影響認知行為，因為我們通常是語言來記憶及接受資訊的。但不論其功用如何，我們知道要了解任何一種語言，必須要了解這種語言的發音、語法及語意。經由語意的研究，我們可以了解語言與我們所身處的外在世界之間的關係。

　　無論從哪一個角度來看，語言對人類的重要性都不容置疑。人類之所以能夠發展出如今這樣複雜的傳播系統，並且累積經驗，匯為文

明，與語文有絕對密不可分的關係。凡是心智健全的個人，即使是天生的盲啞，皆無時無刻的進行兩種活動：

一、將自己的思考、感受用具體的語言或文字表達出來。
二、藉語言和文字和其他的個人交換訊息，藉以達到溝通的目的。（見汪琪《文化與傳播》，三民書局，頁153）

許多語言學家認為這兩種活動是「意義具體化」的必經過程。換言之，意義是抽象的，它存在於我們的腦海裡；要使意義具體化，並使得其他人了解，必須借重語言這個工具。因此，從古到今，兒童學習語言的過程一直是成人非常感興趣，但卻迷惑不解的一件事；人類知識的源由也一直是哲學的重點問題。兒童在有限的心智能力下，卻能在短短的四、五年之間，就能把語言整個複雜的結構系統學會，且能純熟而適當的運用；尤有進者，通常每個兒童接觸到的語言資料不同，無需父母刻意教導，就能在短時間內學習到該語言的語法系統和使用法則。因此，變換論語法理論學者認為語言是完全開放且相當抽象複雜的符號系統。他們認為小孩學習語言，並非一個句式一個句式的學習；而是學習語言的衍生法則。學會任何一種語言的人，等於吸收進入這麼一大抽象的衍生規則。人類學習語言的輸入輸出的關係是這樣的：

語料→語言學習的型模→語言的知識（見黃宣範《語言學研究論叢》，黎明文化公司，頁4）。語料指的是小孩的感官系統所感受的語言基料；這些語料相當原始、粗糙。語言的知識指的是小孩四、五歲學成母語時所吸收進去的系統。兒童根據感官所得的原始而未經整理的語料作分析、假設，然後發展成功一套他所擁有的語言知識。這個理論一旦建構完成，可以解釋許許多多的語言現象，也可以預測什麼

樣的語句合乎語法或不合乎語法。雖然語言不會導致認知的發展，而只是反映兒童認知能力的增長；但是語言與意見的溝通在兒童認知發展過程中仍扮演著相當重要的角色。

　　總之，語言在人類社會裡是很複雜的東西，它跟文化及種族、國家的關係很密切；因此有所謂「語言規畫」產生。所謂規畫，是為解決問題而設的有系統的因應措施。從運作上看來，語言規畫是一種動態的循環活動，其實施結果可以幫助我們解決因語言所引起的問題。而許多語言規畫的實施，都要利用教育機構（特別是學校）來作推行的管道。是以，語言與教育的關係非常密切。一方面語言本身，尤其是自己的國語是教學科目之一；另一方面任何其他學科都要利用語言來作教與學的工具。因此，在所有的教育規畫中都會包括有語言規畫一部分。

　　我國有關「語言規畫」而見之於國民小學者，自以國民小學國語標準為主。一般說來，兒童的語言學習是聲音語先於書面語，他們所學習的是以共有的知識為主，而其學習的起點是始於他能感受的。至於聲音語與書面語之間的連結，勢必借助於注音符號。

　　國小是屬於學習階段，因此，語文符號的學習是以媒介工具為主。但它又是學科的一種，所以其學習則不僅止於媒介工具而已。據現行國小國語科課程標準，列有總目標十項，以下試依現行教育目標的三個領域分列如下：

一　認知領域

（三）指導兒童學習注音符號，用以幫助說話和識字，並能達到運用純熟的程度。

（五）指導兒童熟悉常用國字，能夠識別字形、分辨字音、了解字義，並能熟悉國字的基本結構。

二　技能領域

（五）指導兒童學習標準國語，養成聽話及說話的能力和態度。

　　1 聽話方面：凝神靜聽，把握中心，記取要點，發問謙和有禮。

　　2 說話方面：發音正確，語調和諧，語句流利，態度自然和藹。

（六）指導兒童研讀國語課文，養成良好的閱讀習慣，了解文章的作法，及下列四種閱讀能力，以適應生活上的需要：

　　1 迅速瀏覽，了解大意。

　　2 用心精讀，記取細節。

　　3 綜覽全文，挈取綱領。

　　4 深究內容，推取含義。

（九）指導兒童學習寫字，養成正確的執筆運筆的方法，和良好的寫字姿勢，以及書寫正確、迅速、整齊的習慣。

三　情意領域

（一）指導兒童由語文學習活動中，養成倫理觀念、民主風度及科學精神，激發愛國思想，並宏揚中華民族的文化。

（二）指導兒童由語文學習活動中，充實生活經驗，陶鎔思想情意，以培養其豐富活潑的想像能力，和有條不紊的正確思考能力。

（七）指導兒童閱讀優良課外讀物，養成欣賞兒童文學作品的興趣和能力。

（八）指導兒童養成自發自動的寫作意願與態度，及寫作的基本能

力；以期所寫的作品，達到下列要求：

1 敘述清楚，題旨明白。

2 詞句恰當，文法正確。

3 情意豐富，文理通順。

4 層次分明，結構緊密。

（十）指導兒童養成對自己語言文字的負責態度。

（以上詳見正中書局《國民小學課程標準》，頁75-77）

其中認知領域與技能領域，就語言而言，是屬於語言能力；就國語科而言，這是學習的重點。而其學習的基礎，是立足於注音符號與現代標準中國語言。課程標準有關注音符號說明如下：

1 國語注音符號係幫助說話和識字的有效工具，應在第一學年第一學期儘先學習。國語課本的編輯，首冊應完全為注音符號。第一、二、三、四學年所用國字，須全部注音。第五、六學年各冊所用國字，生字注音。

2 注音符號教材的編輯，須配合綜合教學法，從注音符號寫成的完整語句入手，進而分析辨認各個符號的音和形，更進而練習拼音。

3 注音符號教材的組織，以兒童日常生活為中心，並配合國語說話直接教學法。

4 注音符號的學習先後及出現次序，應顧及學習的難易。（同上，頁87-88）

至於現代標準國語，課程標準在「文字方面」說明如下：

1 國語課本的編輯，須符合自動原則、興趣原則及類化原則等的心理組織法。

2 語句要合正確的標準國語（詩歌的韻，應當依照「中華新韻」），並合於語言的自然順序。各單元的語詞及句型，宜作有系統的設計；在各冊課文中，並有重複出現的機會。

3 措辭要深入淺出，生動而不呆板；敘述要明確而不含糊；描寫要真切而不浮泛。

4 課文的段落要明晰，合乎文題綱領的要求；章法要層次井然；結構要嚴密完整。

5 體裁要詳略得宜，輕重適當。

6 第一、二學年課文要多用「擬人」的描寫，以及直接語的敘述（例如兒童的生活不用第三者口吻轉述，而由兒童自述），以便兒童設身處地，親切體味。

7 應根據部頒各年級常用字彙表，作適當的選擇；控制各年級的字彙與數量；並依國字學習心理的難易，循序漸進的安排。對於每字所出現的次數以及出現的次序，均宜力求確當。

8 各學年國語課本的生字數和課文的字數應有適當的比率，其艱難程度，應力求合理，並有充分的複習機會。（同上，頁93-94）

申言之，語言能力的學習，就語文連結而言，對初學者是以注音符號為有效工具，而以獲得現代標準國語的共有知識為主；亦即所謂的語言能力。顧大我教授在〈理想中的小學語文教師基本能力探討〉一文裡曾列圖表說明其關係如下：

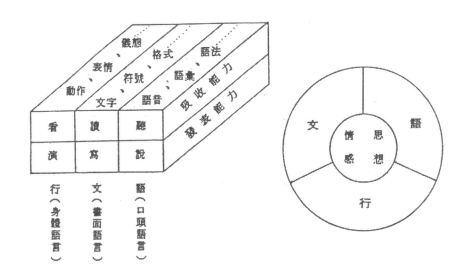

甲、語文能力結構分析圖　　　　乙、語文能力本質關係圖

　　國語科學習的單元教材的設計，是以讀書教材為核心；而練習教材之設計，則以思想活動為中心，通過讀、說、作、寫四項指導；也惟有以思想活動為中心，才能有效的達到情意領域。

　　情意領域包含了好奇心、冒險性、挑戰性和想像力等四種，關係著學生的態度、價值、欣賞及動機等特質。這些特質能促使學生與知識、事實、資料等發生實際的連結，產生有意義的學習。這些過程的訓練，幫助學生兼顧邏輯與情感，使他們對自己所敏感或好奇的事實去進行猜測、假設、推敲、證驗；也使他們能坦然接受自己的玄想、直覺。

　　情意領域的達成，可謂多途。僅就教材而論，文學作品無疑是最好的語文教材。所以國語科的教材，自一九一九年以後，內容即側重兒童文學。注重故事、詩歌等，以使兒童養成閱讀的習慣、興趣與能力；並且獲得運用文字的經驗和記憶的訓練。（參見《國民小學課程標準》，頁396）至於現行課程標準規定各學年教材如下：

類別 \ 百分比 \ 學年		第一學年	第二學年	第三學年	第四學年	第五學年	第六學年
普通文	記　敘	六〇	六〇	五五	五〇	四五	四〇
	說　明			五	一〇	一五	一五
	議　論					五	一〇
實　用　文			五	一五	一五	一五	二〇
韻　文		四〇	三五	二〇	二〇	一五	一〇
劇本及其他				五	五	五	五

附註：

一、抒情文包括在記敘、詩歌、劇本等文體之內，不另列出。

二、上列各類文體的分配，編輯時略有彈性。

　　（見正中書局《國民小學課程標準》，頁89-90）

　　其中普通文、韻文、劇本，即是所謂的兒童文學作品，課程標準並對各類文體說明如下：

（一）普通文

　　甲、記敘文：分敘事的、寫人的、狀物的、記景的、抒情的等五類。內容包括下列九項：

　　　　ㄅ、生活故事：以兒童生活為中心，描寫家庭孝悌生活，學校尊師、學習、合群生活，及忠孝仁愛信義和平社會生活等故事。

　　　　ㄆ、自然故事：描寫我民族利用自然物，如蠶桑、農漁、舟車、器物、指南針、紙筆、火藥、醫藥、陶冶、建築，以

及現代科學機械等發明故事。

ㄇ、歷史故事：合於史實的記人或記事的故事（傳記、軼事等歸入本類）。

ㄈ、民間故事：民間傳說的故事（人類原始生活的故事歸入本類）。

ㄅ、童話：富於想像性的假設故事。

ㄊ、寓言：含有積極教訓意義的假設故事。

ㄋ、小說：含有教育意義，富於趣味性，並有冒險、奮鬥精神的小說。

ㄌ、遊記：描寫名稱、古蹟，以及社會風習、生產建設等記敘文。

ㄍ、其他：如日記、週記等記敘文。

乙、說明文：說明事物或解釋原理的說明文。

丙、議論文：研討事理、評論人物的議論文。

（二）詩歌

甲、兒歌：合於兒童心理的叶韻的歌辭（急口令等歸入本類）。

乙、民歌：民間流傳的歌謠（擬作的民歌歸入本類）。

丙、詩詞：寫景、抒情、敘事等詩詞。

丁、謎語：合於兒童心理的謎語。

（三）劇本

甲、合於兒童表演的話劇。

乙、合於兒童歌唱的歌劇。

（見於《國民小學課程標準》，頁90-92）

　　由此可知，國語科的教材，實際上是以文學作品為主。透過文學作品而學習到語文的共同知識，並進而達到「情意領域」，乃至人文的涵養。所謂人文的涵養，可說是語文學習的終極目標。

　　申言之，從語言的性質上看，文學作品的語言，比起日常用語或科學性的用法，是有所區別。科學性的語言，是透過語言去指涉某事物某理由，語言本身是透明的，除了指出意義之外，別無作用；除了認知意義之外，也力戒情緒的干擾。而文學語言恰好相反。它可能有所指涉，但也可能毫無指涉，只表現一種情緒感受，只為了音調文字之美而存在。

　　一篇作品，凡愈傾向於脫離純粹認知作用，愈注重文字本身的捏塑，就愈可能是文學作品。所以，文學作品與實用性文章的不同，不在於文字的組織；而在於使用文字的方式。文學作品旨在喚起讀者的想像與美感，這些想像與美感最多只能達到抽象行動的功能，使人淨化或沈思。

　　而作為兒童閱讀的文學作品，其特質是：

　　1 它運用兒童所熟悉的真實語言來寫。

　　2 它流露「兒童意識世界」裡的文學趣味。（文《兒童讀物研究》第一輯，見小學生出版社，林良〈論兒童文學的藝術價值〉，頁106）

兒童文學作品所使用的語言是現代中國標準國語，且其中是跟兒童生活有關的部分。用成人的眼光來看，也就是國語裡比較淺易部分。林良先生稱之為「淺語」，他認為「淺語」正是兒童文學作家展露才華的領域。

　　作為國語課本教材的兒童文學作品，本身是語文教材，同時也不

失文學趣味。語文能力是學習的重心；至於文學的學習，則是達到人文情意的最佳媒體。而目前國語課的教學，似乎常過分注重語言能力的認知與技術，而忽略了文學趣味。其實語言是不應該孤立的。孤立的語文，只是一堆枯燥無味的概念組合，對於成長中的學童，是害多利少。林良先生在〈兒童讀物之語文寫作研究〉一文裡認為：

> 一、在語文運用上，要有一種使別人接受你獨特想法的能力。
> 二、在語文運用上，要有一種使眾人領略到你個人趣味的能力。（見研習叢刊第三集《國語及兒童文學研究》，頁126）

申言之，要加強文學性的教育，則教學者本身除具備語文的基本能力外，也必須具備有文學的知識。蓋藝術上的意義與真理，並不來自命題或推論，也不來自事實或經驗，而只在於我們心中喚起的某種「生命的價值」。所謂「文學的知識」，就是為了成就這種藝術表現的意義或價值而建議的。因此，在文學的知識裡，我們首先要關注的，不是作品的人口如何？屬於何派何黨，是否反映社會、是否指控現實、是否為真人真事……。而是作品文字、意象、觀點、人物、氣氛、風格等問題。以詩而言，合格的讀者，自應熟悉各種「詩法」，明白各種風格類型，了解各種詩、詩歌作品、詩史的知識。是以所謂充實知識，首要任務就是沈潛到文學裡，汲取文學的知識，並藉此體驗文學作品所提供的生命的價值。也惟有如此，方能掌握住文學性教材的重心；否則千篇一律的教學方式，非但不能臻至人文的情意領域；甚至所謂的語言能力也會失之於僵化。

參考文獻

國民小學課程標準　教育部公布　臺北市：正中書局　1976年8月

國語及兒童文學研究　師校師專及國教輔導人員研習編印　1966年12月

語言與研究論叢　黃宣範著　臺北市：黎明文化公司　1974年5月

淺語的藝術　林良著　臺北市：國語日報出版部　1976年7月

語意學概要　徐道鄰著　香港：友聯出版社　1980年1月三版

創造思考與情意的教學　陳英豪等編著　高雄市：復文圖書出版社
　　　　1980年11月

教育目標的分類方法　黃光雄等譯　復文圖書出版社　1983年6月

語言學概要　謝國平著　臺北市：三民書局　1985年7月

文學散步　龔鵬程著　北市：漢光文化公司　1985年9月

語文教育改革芻議　孫志文著　臺北市：臺灣學生書局　1979年1月

文學種籽　王鼎鈞著　臺中市：明道文藝雜誌社　1982年5月

——《國教之聲》「語文教育專輯」第23卷第4期（1990年6月），
頁117。

試說〈岳陽樓記〉

一 前言

　　披閱有關〈岳陽樓記〉之討論與分析，可說多樣與精闢。今擬從艾略特（Thomas Stearns Eliot, 1888-1965）「外部權威」的觀點來看范仲淹的〈岳陽樓記〉。

　　艾略特是新批評的先驅。新批評的批評標準：有艾略特的「外部權威」，燕卜蓀（Willam Empson）的「朦朧」，退特（Allen Tate, 1888-1979）的「張力」，布魯克斯（Cleanth Brooks）的「悖論」與「反諷」，維姆薩特（Willam K. Wimsatt, Jr.）和比爾茲利（Monore C. Beardsley）兩人的「意圖謬論」和「感受謬誤」，以及韋勒克（René Wellek）的「透視主義」。

　　至於新批評的批評方法，則以「細讀」（close reading）為主。細讀法這一原則具有普遍適用性。任何文學批評都必須建立在對文本的仔細深入的閱讀上。但細讀亦非絕對自由，而是以文本主體和讀者主體的歷史性結合為基礎。

　　艾略特認為文學批評之所以混亂，主要是因為缺乏客觀的批評標準，為了確立客觀的文學批評標準，艾略特提出了「外部權威」論。

　　艾略特認為文學批評標準的理論應包括兩個方面：對文學作品進行解釋的依據和對文學作品進行評價的標準。

　　「外部權威」包括兩個方面：「文學事實」與「文學傳統」。「文學事實」旨在對作品進行解釋，「文學事實」則可分為兩類：一是作

品類型的事實，另一則是作品本身。至於「文學傳統」則是進行評價的標準。艾略特認為任何文學作品都必須融入傳統，才能成為真正的文學作品。

二　作品類型

作品類型除指文體之外，兼包括產生作品的條件、作品的背景以及作品的起源等等。

（一）文體

文體是初學者的另一法門。文體，又稱文類、體製、體裁、文學類型。而一般以體裁較為通稱。體裁是指內容與形式的關聯。文學作品的形式恰當的表現了內容，就像剪裁縫製一件合身的衣服把身材表現出來。依「體」而「裁」，「裁」中合「體」。對於文學類型的重視，可說是中國傳統文學觀的特色之一。張戒《歲寒堂詩話》卷上：

> 論詩文當以文體為先，警策為後。（見丁福保輯《歷代詩話續編》上冊，臺北市：木鐸出版社，頁459）

嚴羽《滄浪詩話·辨篇》云：

> 詩之法有五：曰體製、曰格力、曰氣象、曰興趣、曰音節。
> （見何文煥訂《歷代詩話》，臺北市：藝文出版社，頁443）

又嚴羽〈答吳景仙書〉亦云：

作詩正須辨盡諸家體製,然後不為旁門所惑,令人作詩差入門
戶著,正以體製莫辨也。(同前揭書,頁458)

吳納《文章辨體序說》引倪正父云:

文章以體製為先,精工次之。失其體製,雖浮聲切響,抽黃對
白,極其精工,不可謂之文矣。(臺北:長安出版社,頁14)

方苞〈答喬川夫書〉云:

蓋諸體之文,各有義法。(影印四部叢刊本《方望溪先生集》
卷六,臺北市:臺灣商務印書館,頁76)

總之,歷代的文學批評家皆很重視體製。

〈岳陽樓記〉一文,依姚鼐編纂的《古文辭類纂》文體分類,當
屬第九類的「雜記類」者。這類文章旨在稱頌功德。

(二) 寫作背景

岳陽樓的前身,是三國時吳國都督魯肅的閱兵臺。唐玄宗開元四
年,中書令張說謫守岳州,在閱岳臺舊址建了一座樓閣,取名岳陽
樓。李白、杜甫、白居易、張孝祥、陸游等著名詩人都曾在這裡留下
膾炙人口的詩作。到北宋慶曆四年,西元一〇四四年的春天,滕子京
被貶謫到岳州巴陵郡做知府,第二年春重修岳陽樓,六月寫信給貶官
在鄧州的好朋友范仲淹,並附有〈洞庭晚秋圖〉一幅,請他寫一篇文
章記述這件事。到慶曆六年九月,范仲淹便寫了這篇著名的〈岳陽樓
記〉。〈岳陽樓記〉全文只有三百六十八字。

三　作品本身

全文計分六個自然段，文末「時六年九月吉日」，可作為結束，呼應文章的開頭。

就語言文字本身而言，可注意者如下：

（一）全文不用典

就「雜記類」文體，尤其是刻於碑石之文章，這是少用的現象。

（二）用對比手法

如寫洞庭湖的景色，以及由景色引起的感情，幾乎都用對比的手法。如寫天氣，一陰一晴；例如：文章寫洞庭湖的景色，以及由景色引起的感情，全部都用對比手法。寫天氣，一陰一晴；寫湖面，一是「濁浪排空」，一是「波瀾不驚」；寫人的活動，一是「商旅不行」，一是「漁歌互答」。形成鮮明的對比，增強了藝術的效果。

（三）駢散結合，自成一格

范氏在文中大量採用駢文句式。這種四六式駢文，使文章讀起來既整齊又鏗鏘有聲。其駢文句式有：兩兩相對的對偶句、有句中自對的對偶句、有句型相同的排比句、有疊字句、有散文句。如此駢散結合，全文有一種抑揚頓挫、錯雜多姿的感覺。作者在文中還使用了押韻的方式，最明顯的是「明」、「驚」、「頃」、「泳」、「青」幾個字，使文章悠揚順暢，悅耳動聽。試將其駢文句式依序排列，以見用心：

政通人和，百廢具興。
銜遠山，吞長江。

浩浩湯湯，橫無際匯，

朝暉夕陰，氣象萬千。

北通巫峽，南極瀟湘，

遷客騷人，多會與此，

覽物之情，得無異乎？

霪雨霏霏，連月不開；

陰雨怒號，濁浪排空，

日星隱耀，山岳潛形，

商旅不行，檣傾楫摧，

薄暮冥冥，虎嘯猿啼；

去國懷鄉，憂讒畏譏，滿目蕭然，

春和景明，波瀾不驚，

上下天光，一碧萬頃，

沙鷗翔集，錦鱗游泳，

岸芷汀蘭，郁郁青青；

長煙一空，皓月千里，

浮光耀金，靜影沉璧，

漁歌互答，此樂何極！

心曠神怡，寵辱皆忘，把酒臨風，

不以物喜，不以己悲，

居廟堂之高，則憂其民；處江湖之遠，則憂其君。

進步憂，退亦憂，

先天下之憂而憂，後天下之樂而樂

一般來說，駢文句式，除對偶精工之外，其辭藻華辭，聲律諧美，尤其是駢散合用，其句法更具靈動。

四　文學傳統

顧名思義，〈岳陽樓記〉本應是以記岳陽樓為主要內容的，這不僅是由文章的體裁所決定的，也是范沖淹寫作這篇文章的初衷。宋慶曆三年，范仲淹在慶曆新政失敗後，被謫到河南鄧州，他的朋友滕子京也因受到誣告而被貶到了湖南。在湖南的任上，滕子京頗有政績，正所謂「政通人和，百廢具興」。第二年，在他的主持下，「增其舊制」，重修了岳陽樓。為了記述這一盛事，滕子京便請他的好友范仲淹為重修後的岳陽樓寫一篇〈岳陽樓記〉。顯而易見，滕子京是想讓大手筆范仲淹用他的生花妙筆，記下重修後的岳陽樓空前壯觀的規模形制，以顯示自己的政績。結果，范仲淹受友人囑託寫下的這篇名為〈岳陽樓記〉的散文，對重修後的岳陽樓只以「增其舊制，刻唐賢、今人詩賦於其上」寥寥數語敷衍之，而且連登臨岳陽樓所觀之景也以「前人之述備矣」而一筆帶過。作為散文大師和滕子京好友的范仲淹，竟不顧有人所囑，也不顧這類記物體散文的體裁特點，不僅對岳陽樓的盛景不加記述，反而將其寫成了一篇類似〈登樓賦〉的借物詠懷言志的抒情散文，並且還能使友人滿意，並使歷來的研讀者對其文體不符的矛盾之處置而不論，原因何在，奧秘何在呢？或許，我們只能從文學傳統的角度去觀察。

〈岳陽樓記〉之所以名垂千古，正是作者思想境界崇高。這種思想或許與時下有別。這是時代使然，也是傳統使然。以下試以兩方面說明之：

（一）范仲淹本人

作者范仲淹，生於西元九八九年，死於西元一〇五二年。字希文，吳縣人，吳縣就是今天的蘇州。他出生貧苦，兩歲時死了父親。

青年時借住在一座寺廟裡讀書，常常吃不飽飯，仍然堅持晝夜苦讀，五年間未曾脫衣睡覺。中進士以後多次向皇帝上書，提出許多革除弊政的建議，遭到保守勢力的打擊一再貶官。後來負責西北邊防，防禦西夏入侵很有成績。一度調回朝廷擔任疏密副使、參知政事的職務，可是在保守勢力的攻擊與排擠下，於宋仁宗慶曆五年又被迫離開朝廷。寫〈岳陽樓記〉時正在鄧州做知州。

范氏本人從政，志在經國濟民。他能書寫，但不在唐、宋古文八大家之列。他從小就有志於天下，常自誦曰：「士當先天下之憂而憂，後天下之樂而樂也」，可見〈岳陽樓記〉末尾所說的「先天下之憂而憂，後天下之樂而樂」，是范仲淹一生行為的準則。孟子說：「達則兼善天下，窮則獨善其身。」這已成為封建時代許多士大夫的信條。范仲淹寫這篇文章的時候正貶官在外，「處江湖之遠」，本來可以採取獨善其身的態度，落得清閒快樂。可是他不肯這樣，仍然以天下為己任，用「先天下之憂而憂，後天下之樂而樂」這兩句話來勉勵自己和朋友，這是難能可貴的，這正是作者性格特點所在。所以他是儒家思想，他的文學觀無疑是重視實用的。

（二）文學傳統

中國文人傳統的信念是：學而優則仕與文以載道。也就是傳統的文學觀是以儒家為主。士者志在從政，從政旨在經國濟民，所謂「志於道，據於德，依於仁，遊於藝」。文學藝術乃屬休閒。但晚唐溫庭筠、李商隱、段成式等人所倡導之三十六體駢文乘古文衰弊而起，風靡五代文壇；至宋初，與西崑體詩歌並行，形成唯美文學再度風靡。

宋初在晚唐五代唯美文風的籠罩之下，產生了巨大的反動。楊億一派從格調上去提升，卻不作內容與形式的變革；柳開一派則重啟古文運動。而范仲淹雖不是文學中之人，卻仍具有文學素養。

范仲淹是儒者，他的文學觀是重實用。〈岳陽樓記〉表現了他偉大的人格與關懷，自是千古名言。但文中駢文句式，更是字字矜慎，協韻嚴整，典雅精工，千百年來，同樣膾炙人口。

五　結語

新批評派對傳統文學研究最具戲劇性的否定，是理查茲（I. A. Richards）二十世紀二〇年代初執教於劍橋大學文學系時所做的著名教學實驗。他把一些詩略去署名列印給學生，請他們交上他們的理解和評價。據理查茲說，其結果極為驚人。這些有志於文學研究的英國大學學生，受過良好文學訓練（傳統文學研究訓練）的人，竟然會大捧二三流詩人而否定大詩人的傑作。理查茲認為這證明傳統的文學研究法──先講作者，再講作品產生的過程──實際上是讓學生或研究者在進入文本閱讀之前就帶上了先入之見，其結果是學生根本不會獨立判斷文學作品的價值。理查茲選取學生教的作業加上對隱名的原詩逐一評點，編著了著名的《實用批評：文學判斷研究》一書。

艾略特認為當時英國的文學批評標準只有一個，那就是讀者的感覺，是讀者「內心的聲音」。但讀者的感覺各不相同，以作為批評標準實際上等於沒有標準。然而，曾幾何時？新批評式微，各種理論蜂擁而出。其間，讀者接受美學亦因應而生。

──2010年7月《國文天地》總期302，26卷第2期，頁15-19。

析論詹冰〈插秧〉

一　前言

　　詹冰（1921年7月8日至2004年3月25日），苗栗縣人，日本明志藥學專門學校畢業。返臺後曾在卓蘭開設藥局，之後長期擔任卓蘭中學理化科老師。詩作曾獲日本詩人堀口大學推薦，發表於《若草》雜誌，受到文壇矚目。曾加入銀鈴會，並和詩友共同成立「笠詩社」，發行《笠》詩刊；此外詹冰還從事兒童詩、圖像詩和兒童劇本的創作。他的詩作曾入選《中國現代文學大系》、《美麗島詩集》、《當代中國新文學大系》、日文《華麗島詩集》、《臺灣現代詩集》、英文《笠詩選》等。兒童劇本創作多次搬上舞臺。兒童文學作品包含新詩、兒童詩、兒童劇本和小說等。曾獲中國兒童歌曲創作獎、洪建全兒童文學獎等，被稱為「藥學詩人」，或稱為「臺灣圖像詩的先驅者」，也是「笠」詩社發起人之一。曾經出版過《太陽・蝴蝶・花》，收錄六十首兒童詩。

　　若說〈插秧〉是詹冰的童詩代表作，應該實至名歸。短短五十個字，卻流淌出千言萬語。這首詩如畫，靜謐徜徉於土地中，仰望天際，認命守分，反倒揚起一股濃郁的生命力與感動。

　　在童詩的創作當中，沒有新詩晦澀的意象與冰冷的詞彙，反倒著重淺語的使用與活潑的比喻，這也是童詩常給人的首要印象。但是，簡單的語言並不代表文字隨便敷衍，許多創作者認為童詩的創作簡單，幾個草率隨便的譬喻，一首童詩就成了，倘若這般粗製濫造就可

創作童詩，想必是對童詩莫大的污辱。

〈插秧〉這首詩為什麼好？這首詩的「自然」，是最主要的成功。常聽到，自然就是美，不無它的道理。來說說它美在何處吧。

〈插秧〉

水田是鏡子
照映著藍天
照映著白雲
照映著青山
照映著綠樹

農夫在插秧
插在綠樹上
插在青山上
插在白雲上
插在藍天上

整首詩使用七組名詞：水田、鏡子、藍天、白雲、青山、綠樹、農夫，其中藍天、白雲、青山、綠樹這四組名詞還重複，短短的五十個字的童詩，名詞就占了二十二個字，其中還有八個字是重複。動詞的部分，只有第一段的「照映」，和第二段的「插秧」。「在」字共有五個，「著」字共有四個，「上」字也四個，「是」字一個。

由四種句型組合：○○是○○，照映著○○，○○在○○，插在○○上，這首童詩就成了。〈插秧〉利用重複的名詞與重複的句型，試圖營造出稻田的視覺意象，這是圖像詩的作法，效果非常好。

　　那麼，先來談談這首詩選擇的題材，詩句使用水田、鏡子、藍天、白雲、青山、綠樹以及農夫這些元素鋪陳。除了鏡子是唯一的譬喻物之外，以及農夫是這首詩的主角，也是唯一人物，其餘就由水田、藍天、白雲、青山、綠樹等自然景色組織而成。這首詩經營得相當清淡簡單。第一段，形容水田像鏡子般，映照著美麗的景色。第二段，農夫在水田上插秧的情況。

　　如此，有什麼必要談的地方？

　　難能可貴，就因為簡單，反而創造出不可言喻的美。

　　透過逐一解析〈插秧〉詩句的安排與結構，研究詩句如何經營，以塑造出美的境地，這是此篇文章的研究目的。或許透過不同角度的探討，抽絲剝繭，解謎揣測作者精心安排的機關與動機，是作為讀者或者研究者的樂趣。

　　結構生於章法，仇小屏有言：「章法就是修飾篇章的方法。我們首先要注意的是『修飾』二字，因為章法是文章達成形式美的重要手段，所以我們用『修飾』二字強調出它的美化功能；善加利用章法、組織成完善的結構，可以使篇章合乎秩序、富於變化、形成聯絡，最終達致統一和諧的美的最高境界。」（《篇章結構類型論》，頁3）無法揣測詹冰是否精於掌握章法結構的神妙，進而書寫此詩；就算沒有，本篇使用章法解構的刀刃，細細遊走於在字句當中，試圖釐清詩中之美，不也是種方式。

　　「秩序」、「變化」、「聯絡」、「統一」是章法的四大原則。「秩序」講求秩序排列能夠塑造出美；「變化」相對於刻板，變幻能產生活力，增加新鮮；「聯絡」訴諸於連結，讓無關的物件，形成關係，互為呼應；「統一」力倡結構即使處於一種多樣貌的狀態，都還能表現出和諧之美。然而，就詩而言，個人認為，「聯絡」原則最為重要，當詩人決定以何物為對象時，通常聯絡原則也已被確定，形成文章的重要意象。

　　而讀者接受理論，是文學理論中，從原本關心作家與作品，到關注文本與讀者的一種轉向。讀者反映理論，讀者為閱讀活動中，積極且有意義的參與者，注重讀者對於作品的討論，透過讀者與作品的互動，填補作品本身的空白、斷裂與不確定性，使得作品經由讀者的細心烹煮，更顯其風味，這種閱讀理論，也是沃爾夫岡‧伊塞爾所主張的閱讀理論。接受美學理論強調讀者與作品間有機的對話，作品有如一條涓涓溪流，讀者可能是一條魚、一隻蝦、一個人，他們詮釋這條河的角度可能不盡相同，但是唯有透過詮釋，這條河才能更生機蓬勃，更為美麗。換言之，作品的優劣，是透過不斷的談論詮釋而成，沒有經過讀者談論的作品，宛如一張美食照片，沒有人吃過，哪能了解箇中甘味，千里馬若無伯樂慧眼，也只不過是一匹泛泛劣馬。

　　相對於之前，強調作者創作的過程與作品本身的價值，才是文學活動最關鍵的時刻，接受美學徹底顛覆此概念，讀者才是文學活動的最關鍵角色，唯有透過讀者的話語，才能使得作品產生意義，而本篇論文即實踐此理念，利用篇章結構的方式，試圖找到與作品可能的對話。

　　經過調查尋找，單論詹冰〈插秧〉的論文似乎不可見，依此理由，此篇論文利用結構學的方式剖析作品，以體現接受美學中，讀者有權力依照不同的角度詮釋作品，產生截然不同的美景。

二　若以虛實分，其結構如下

```
 ┌─ 實　（藍天、白雲、青山、綠樹）
─┤
 └─ 虛　（藍天、白雲、青山、綠樹）
```

　　虛與實相對而生，虛幻與真實，虛幻意指非真實，眼睛所無法看到之物；反之，能摸到、看到之物，都被歸類於真實；但是，虛實相生相掩，虛因實而生，實因虛而立。而仇小屏把虛實結構，又分為空間的虛實與時間的虛實。此為空間所造成的虛實。

　　整首詩中，藍天、白雲、青山、綠樹出現雙次，分別在第一段與第二段各一次。就新詩而言，忌諱同樣的語詞重複，易產生累贅之嫌。但是這首詩中，卻逆向操作，大量使用重複字眼，堆積詩的意象，相當罕見。細細推敲，雖然藍天、白雲、青山、綠樹，以相同的字眼出現，但是透過「鏡子」媒介的催化，形象卻產生轉變，第一段的天雲山樹是實體，而第二段的是虛體，它們形體的顯現，必須透過「水田」的效用，「鏡子」的反射原理，才能顯影。

　　雖然鏡子的功用，只是在映照出物質世界的實體，但是它似乎能反射出比實體還更加真實意像，或者更深沉的東西，猶如照妖鏡，所有的妖狐鬼怪，都於照妖鏡中均無所遁形；或者，童話白雪公主中的魔鏡，任何的掩飾做作在魔鏡裡，將會逐一曝光，它代表的是百分之百的真實。

　　非常有趣，看得見的、摸得到的反而不真實，真實必須透過鏡子媒介得以顯現。〈插秧〉中的水田，是鏡子的功用，映照出天雲山樹，若從圖畫構圖的經營而言，這是一幅毫無雕鑿痕跡的景色，自然美麗，詩句第一段表現出景色的實，搭配第二段映像的虛，虛實相掩，鏡子映照的特色，充分的合理表現，而非只是字句的重複堆疊，這樣的處理，不著痕跡，卻令人讚嘆。

　　另則，詹冰為了突顯映照的意象，還刻意以詩句對稱的方式表現，在第一段中藍天、白雲、青山、綠樹，從第二行開始，逐行接續出現；到了第二段，卻顛倒過來，反而先從綠樹，然後青山、白雲、藍天，倒著出現，把「映照」的情況，真實的繪製在詩中，使得讀者

在欣賞詩的過程中，也能感受到倒影的景緻，也充分展現詹冰自有的圖像詩功力，這首詩的排列像兩畝田，在詩句的安排下，利用圖像暗示映照的意象，稻苗活生生的被種在稿紙方格，一片綠意。

　　而農夫把秧苗插種在水田上，轉而把秧苗插種在綠樹、青山、白雲及藍天。虛幻的綠樹、青山、白雲及藍天，也漸而插秧在農夫的心田，農夫的彎腰耕種，宛若從事一場耕心的儀式。方寸畝田，農夫在這塊小田地，付出他的一生，春耕、夏種、秋收、冬藏，一年復一年，無數的腳印踏出這片農地，唯有稻穗收割完，水鏡才能重現，再次倒映著美麗山光天色，難道農夫不曾怨恨萬般辛苦，卻換來一場空。

　　不會的，唯有默默付出，美麗水色才能再次出現在稻田中。唯有豁達無爭的心田才能映照出悠然。

　　這樣的耕種，猶如詹冰多年的筆耕歲月，孤獨的將字句種植在稿紙方格中，雖然寂寞，卻自得其樂，自在歡喜。

三　若以以動靜分，結構如下：

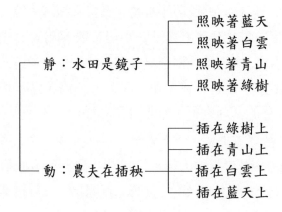

仇小屏把動靜結構歸類於「狀態變化」結構。動製造流動感，形

成生氣；靜能製造安寧感，產生平和感。動靜調配得宜，作品將不乾不燥，和諧芬芳。

整首詩以百般寧靜的氛圍，吸引讀者，令人駐足沉思。

第一段靜態的場景描述，短短四句，二十個字的描述就把場景交代清楚，從描寫當中，可以得知，水田座落於山林之中，山林樹木蓊鬱，天空如洗，白雲悠悠，時序應該為春，一切美好。

至於動的部分，由第二段開始：一開始由農夫插秧揭開序幕，望人易生情，在由人帶物，讓人與景交融，產生情感。作者刻意此般安排，無非是要讓讀者能隨著詩句，一步一步感染情緒，高深的鋪陳，絕對是整首詩成功的要件。

第一段的靜謐，是為了彰顯第二段農夫的耕作，整首詩只有農夫在動，利用四個排比的詩句，描摩農夫插秧的狀態。高招在於，無論是農夫的辛勞，或者是耕種的歡喜，在這首詩當中，完全沒有任何的情緒著墨；但是卻讓整首詩的情韻飽滿，裊裊傳香。

然而，對於農夫插秧動作的描繪，也是偏向謐靜的，作者所設定讀者站的位置，應當是在很遠的彼方，看著農夫插秧，插秧的場景被刻意拉遠，猶如電影的長鏡頭敘述。故此，讀者閱讀此詩時，因為站在一個較高較遠的所在，高度感使得干擾的聲音（世俗吵雜）完全被隔絕於外，於是讀者、觀看者產生一種高度看著農夫，生命感因此而生。

所有安靜氛圍的塑造，都只是突顯農夫插秧的泰然與美麗，重複的插秧動作，每次的彎腰所種下的每棵秧苗，代表著一個新生命的產生，他們將在這片土地生活長大，直到成熟，這樣的生命歷程與農夫的生命歷程有何差別。

我們生活在一個喧囂的世界，為了生計，操勞憂心，造成身心靈的疲倦，有時候不免想逃脫這個世界，忘卻人間，享受單純的美麗。

音樂、文學、藝術等都可以讓人暫時脫離人間，直達天堂享樂。

　　我們時常因事所苦，主要起因於我們靠得太近，所謂當局者迷，旁觀者清，只要事不關己，大家都可以說出一番道理，但是若是事情攸關自己，屆時可能再也無法清心對待，理智處理。換個角度想，若我們是農夫，還能感受到大自然寧靜之美嗎？可能不容易，農耕需要相當大的體力與耐力，插秧更是勞苦，必須彎腰屈膝，深怕秧苗插歪，哪有閑情逸致察覺到大自然的美景與感動？因為詩句就像鏡頭，把讀者拉遠了，我們置身於外，才能感受到這番美麗。

　　怡美的環境中，農夫在插秧。插秧本是一件辛勞的農事，但是經過詩句的呈現，反而成為一幅動人的圖畫。動靜協調，讓這首詩展現一股和諧靜謐之美。對於靜謐之美隱隱含著一股生命力，就宛若從〈晚禱〉中，耳聞教堂悠悠的鐘聲，鐘聲洗滌人心，獲得力量。〈插秧〉這首童詩也有異曲同工之妙，整首詩安靜入裡，卻帶給讀者一股難以言喻的生命力。以靜起動，動中求靜，這是難能可貴的意境經營。

四　若以以遠近分，結構如下

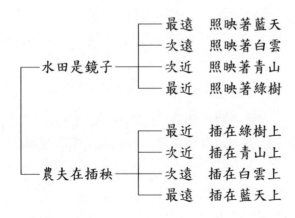

　　遠近結構是依照空間維度計算，依此探究作品的空間維度經營。

　　由景造人，再由人生情，簡單的詩句卻勾勒出剎那的美，帶領讀者欣賞農夫插秧姿態，人在環境中如此渺小，而這首詩卻表現出人與環境共處共生的感動，人與環境的和諧讓整首詩舒服自然，不刻意、不做作是這首詩最大的優點，使得讀者可以保持輕鬆的心情，自在於這首詩的禪意。

　　談到天雲山樹的編排，詹冰模擬鏡像原理，讓水田的景象倒映著出現。這種安排，有許多獨到之處，就第一段藍天、白雲、青山和綠樹的安排而言，是從遠景到近景，藍天中有白雲，白雲底下是青山，青山中有綠樹，宛若鏡頭從遠景拉到近景，緊接帶出農夫插秧的詩句，與柳宗元的〈江雪〉：「千山鳥飛絕，萬徑人蹤滅，孤舟簑笠翁，獨釣寒江雪」的運鏡手法，同樣出色。

　　但是，〈插秧〉的絕妙之處，並沒有寫到農夫在插秧這裡就戛然而止，而是再把詩句慢慢推衍而下，插在綠樹上／插在青山上／插在白雲上／插在藍天上。鏡頭又從特寫鏡頭緩緩拉遠推高，從綠樹而到藍天，相當精采。浩浩藍天意謂著寬廣的心境，一種自在，一種優遊。

　　最後一句，插在藍天上，作者刻意又把鏡頭拉遠，這幅辛勤的農夫插秧景象，竟會意外成為一幅動人的景象：大自然的美景被水田映照，農夫置身於其中緩緩的插秧，多麼美麗。所有的辛勞都消失，所有的人世的喧囂也被隔絕，這裡意外的變成世外桃源，一切如此美好，一切如此安靜，變相成了烏托邦。

　　人們渴望烏托邦。

　　每當人們遇到挫折與不如意，最常聽到大家說的一句話，就是真想回家種田，回家種田變成是逃離現實忙亂的說嘴，這其實古來就有，田園與官場是對比，田園生活樸實可愛，官場或者商場生活，爾虞我詐，處處心機，所以當人們已經疲憊於喧囂，都渴望回歸平淡。

　　田園生活就不知何時被借代成世外桃源的代表，人們冀望在此得
到恬靜與寄託。在大自然的環境中，人類總是會感覺到一股平靜。人
類生命只有短暫的數十年，大自然的歷史動輒百千年，人類置身其
中，就會感受到自己的渺小與脆弱，甚至感受到孤獨。

五　若以因果分，結構如下

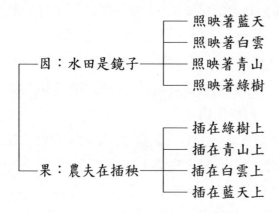

　　因果結構，可分種因得果，看因追果。

　　若是以因果結構剖析，第一段為因，因為水田是鏡子，水田才能
成功映照所有的景物。而第二段為果，因此農夫在插秧時，才能把秧
苗插種在各種景物上。有因才有果，是大自然不滅的法則。若非水田
如鏡，映照景物，那麼農夫也無法插秧於農地裡，享受大自然的美
景。水田成鏡，反射自然景物，成了一幅畫，農夫是唯一運動者，在
這幅畫裡面挪動插秧，插秧必須彎腰，那是對大自然的尊敬，然後誠
心的把秧苗植入土壤，期盼下一次的收穫。至於要有好的收成，必須
得靠大自然的恩澤，才能讓稻穗飽滿，累累豐收。而農夫每次的彎腰
插秧，宛若一次又一次對於自然的感謝，人類取自自然，而自然卻不

求回饋，還賞賜辛苦耕種的農夫一片美景，此款胸襟與包容，令人動容，人類是多麼的渺小啊。

因此，這首詩若沒有使用因果結構法，根本不能成形，唯有水田映照著景物，農夫才能把秧苗種植於景物之上，緊密的因果關係是整首詩的關鍵。

六　以凡目分，結構如下

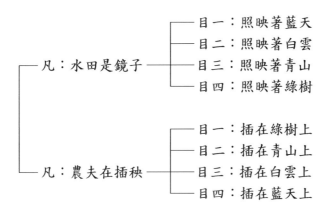

其實，整首詩可以簡化成兩個詩句：水田是鏡子，農夫在插秧。這兩詩句即是整首詩的總括，也就是「凡」。其他的八行詩句，是兩句詩句的條分，也就是「目」，主要由顏色組成，而其句子層遞的設計也相當特別。閱讀〈插秧〉，能感受到一種靜謐的氣氛，然而寧靜氛圍的營造，若不擅處理，容易變成死寂，沒有生氣，反令人覺得沉悶無聊。因此要寫一首以寧靜氛圍感動讀者的好詩，是不容易的，有難度的。

水池若無水紋漣漪點綴，就顯得無生氣，插秧利用顏色妝點這首詩，選擇藍、白、青、綠顏色，這四個顏色都屬於冷色系，給人自然

恬靜和淡然感覺，雖然沒有激情，卻蘊含著飽和的生命能量。另外，除了利用顏色，作者更利用運鏡的手法，從長鏡頭到短鏡頭，視野的轉換非常流暢，也讓這首詩不無聊乏味。再加上句子以層遞手法的利用，重複相似的句型，形成一股催眠的效果，使得〈插秧〉形成一首寧靜又有生命力的詩。

七 結語

瞎子摸象與接受美學理論，有著異曲同工之妙。作品是大象，讀者是瞎子，每個讀者本著自己的觀點，詮釋作品，就有如瞎子摸象一般，有人認為大象長得像一棵樹，有的認為大象如一條繩子，有的認為像一把大扇子。他們都沒有錯，但是他們都只是看到大象的一個部分，相信沒有讀者能看到大象的全貌，只能透過更多的讀者對於大象的詮釋，拼湊出大象可能的模樣。

換言之，大象是被讀者所召喚想像，讀者可以透過猜測與想像，塑造大象之美，作品中的留白，就等待讀者的遊戲而成，在這遊戲的過程中，讀者得到猜測的滿足，而作品也因此豐富。也因為如此，大象有了想像之美，比真實的大象還要美，這就是接受美學之美，也是文學之美。

此論文透過各種方式，透過結構學的方法，解讀詹冰的〈插秧〉，體會各種角度所看到此童詩的美，從虛實的角度、從動靜的角度、從因果的角度、從遠近的角度、從凡目的角度，透過各種角度來摸這頭巨大的「大象」，雖然可能還是無法真正看清大象美麗的全貌，但是應該大致能揣摩大象的模樣，這就是文學有趣的地方，況且這首詩在不同的時空歷史中，也一定有不同的解法，這就是接受美學的精神，而這種精神恰巧與兒童文學的遊戲性吻合，兒童透過遊戲的

方式，參與作品的解讀，天馬行空的想像與解讀，不就是瞎子摸象理論嗎？透過孩子的眼睛，我們可以看見作品更不同的一面，或許是我們不得見的。

這是一首童詩，想必有人疑問孩子能感受到這首詩的美嗎？再加上，這首詩一開始是放在成人詩集《綠血液》之中，所以真的適合孩子看嗎？

曾經有一次穿越馬路時，看見一個小男孩，靜靜的站在一棵大樹底下，仰著頭看著樹，只見微風徐徐，樹葉窸窸窣窣附和，和煦的陽光穿過密密樹葉縫隙，那個男孩就靜靜看著此般景色。你說孩子感受不到這個景色的美嗎？

況且，孩子也有權力詮釋作品啊！

這是一首以圖像詩的方式的童詩，乍看之下許多重複的字眼出現，宛若每個長得幾乎一樣的稻苗站立在水田中央，但仔細觀察，卻有許多不同的變化，是作者刻意的安排，提醒著我們，許多我們以為的理所當然，可以發現在其中有許多的智慧與巧思。只有透過讀者，或者觀看者細細的品嚐與觀察，才能發現其中奧妙。如同這首詩，表面看起來簡單，仔細咀嚼才發現這首詩的不易，一粒沙看世界就是這個道理。

每個字就像一棵稻苗，整齊的被插秧在白紙上，而作家就是農夫。作家若要讓秧苗成長得好，必須有合適的陽光雨水，還要有適合的土壤配合，最重要的是農夫悉心的照顧。

詹冰把一片田野風光搬進格子裡，讓讀者享受到這鄉村景色，也讓他的詩照映我們心裡最深的那片明鏡。

參考文獻

童詩萬花筒：兒童文學詩歌選集1988-1998　林文寶策畫，洪志明主編
　　　　臺北市：幼獅文化事業公司　2000年6月

接受美學理論　羅勃C‧赫魯伯（ROBERT C. HOUB）著，董之林譯
　　　　臺北縣：駱駝出版社　1994年6月

讀者反應理論批評　伊麗莎白‧弗洛恩德（Elizabeth Freund）著，陳
　　　　燕谷譯　臺北縣：駱駝出版社　1994年6月

篇章結構類型論（上、下）　仇小平著　臺北市：萬卷樓圖書公司
　　　　2000年2月

審美經驗與解釋學　漢斯‧羅伯特‧耀斯著，頤建光、頤建宇、張樂
　　　　天譯　上海市：上海譯文出版社　2006年4月

閱讀活動──審美反應理論　沃爾夫岡‧伊瑟爾著，金元浦、周寧譯
　　　　北京市：中國社會科學出版社　　1991年7月

文學解讀宇美的再創造　龍協濤著　臺北市：時報文化出版公司
　　　　1993年8月

──見2013年11月中華章法學會主編萬卷樓《章法論叢》
（第七輯），頁287-302。

臺灣閱讀推廣的三駕馬車

閱讀有必要成為一門專業的學科。它是不屬於國語的另一個專業，是專業的「閱讀」課，有它的課程與教學，其目的在於教會孩子學會學習。

國小課程標準、民間的閱讀運動與教育當局的閱讀政策共同推進了二十世紀八〇年代以來臺灣地區閱讀的興起與發展，成為推動臺灣閱讀的三駕馬車。

國小課程標準中的閱讀

臺灣的教育政策，皆與一九四九年十二月撤退前的國民黨政府有關，且與現代化息息相關。

小學語文教材演變過程中，曾有文白之爭，讀經與否與鳥言獸語之爭，但以兒童文學為主軸的呼聲一直不斷。一九二〇年，中華民國頒布的《各科課程綱要》提議「小學國文科讀書教材的內容，應以兒童文學為中心」。教育部下令改國文為國語，並令小學教科書一律改用語體文編輯，並注意兒童文學。

臺灣地區課程標準的改變，主要與教科書開放審定有關。一九九三年二月公布的新課程標準，對國語科教材綱要在架構上最大的改變是：增加了「課外閱讀」一項。試將不同年級課程標準中，增加「課外閱讀」，且有了教材綱要，顯示兩個意義：一、國語科教學目標本來就需要靠大量閱讀的協助更容易達成，隨著經濟的發達，教育經費

的逐漸擴充，各校都應普設圖書館，備置大量讀物，以供兒童學習的需要。二、伴隨著知識的迅速擴充和終生學習的需要，應該從小開始培養利用圖書館的習慣和搜尋數據的能力，這樣才能適應未來工作生活的需要。

從一九二九年開始的課程標準皆非常重視課外閱讀。就課外閱讀的稱謂而言，一九二九年、一九四一年用的「讀書教學」，一九四八年以後改用「閱讀教學」。一九六二年以後增加了四種閱讀能力，一九九三年則在教材中增加了「課外閱讀」，與注音符號、說話、讀書、作文、寫字並列。二〇〇八年公布的《中小學九年一貫課程綱要》則稱之為「閱讀能力」，綱要提出，閱讀教材宜涵括國內外文學中具代表性的作品，以增進學生對多元文化的認識、了解及尊重。在培養學生的閱讀能力方面，指導學生了解及使用圖書室的設施和圖書，能熟練地應用工具書乃至計算機網絡，搜集信息，廣泛閱讀，以養成主動探索研究的能力。

綜觀課程標準中有關閱讀或課外閱讀都強調：課外閱讀很重要，課外閱讀要指導與考察，要另編國語科補充讀物，課外讀物要與教材配合。

閱讀或課外閱讀，基本上皆歸屬國語的「讀書」。所謂的閱讀或課外閱讀，除上述現象外，不見可行的教學目標、課程與教學法。目前各縣市學校似乎皆以教師自主、學校本位、空白課程等方式補充之。

民間的閱讀推廣

二十世紀八〇年代以後，臺灣人民開始有較高的可支配收入，其「娛樂、消遣、教育及文化服務」直到一九七九年才超過百分之十。

此時的臺灣教育開始實現教育普及、推動成人教育、終身學習，尤其注重對於兒童文學的普及教育。

讀書會的成立，與政治、社會與經濟的發展息息相關，就大趨勢而言，一九七〇年以後，已是顯著的回歸寫實與本土化。尤其是一九八〇年代以來的臺灣，無論在政治、經濟、社會或文化方面，都面臨激烈的變遷且遭遇到強烈的挑戰。面對這些挑戰與變遷，臺灣本土意識因此而勃興，並促使知識份子開始嚴肅思考臺灣作為文化主體地位的意涵。讀書會的崛起，是這股臺灣本土意識覺醒的結果。只是這些果實是政府借民間社會力量，且大力推進的結果。

揭開讀書會序幕者陳來紅於《袋鼠媽媽讀書會》一書有云：

> 記得在一九八四年，我們聘請當時甫學成回臺島的柯華崴博士，開設一系列「父母效能訓練課程」。課程告一段落，楊茂秀教授在柯博士的轉介之下，為我們主持為期一年多的「教育哲學課程」。
> 一九八五年，筆者在柯博士鼓勵之下，以「媽媽充電會」之名，跨出勇敢的第一步，自組讀書會。一群原來只是學習功文數學的家長所組成的讀書會，由於其中一位在報紙上寫了文章，結果引來許多渴望加入的朋友。

陳來紅因此走入了小區文化的推廣活動。而楊茂秀早已於一九七九年二月將兒童哲學的第一本教材《哲學教室》譯為中文（臺灣學生書局印行），並點狀式地在一些幼兒園散播了它的種子。為更進一步推廣兒童哲學，楊茂秀將原來的毛毛蟲兒童哲學工作室擴展為「財團法人毛毛蟲兒童哲學基金會」，一九九〇年三月正式運作。

臺灣因有讀書會而有了故事媽媽，推動故事媽媽活動最早也最廣

的機構即是「毛毛蟲兒童哲學基金會」，一九九五年開始，毛毛蟲兒童哲學基金會安排一系列的故事媽媽研習課程，有系統地培訓故事媽媽。一九九七年起連續五年承辦行政院文化建設委員會「書香滿寶島故事媽媽研習計畫」，於臺北縣等九大縣市培訓故事媽媽，參與培訓之故事媽媽人數多達千人。經過培訓後，一批批的故事種子即刻回到學校、社區為孩子說故事、或帶領兒童讀書會。同時毛毛蟲基金會更鼓勵媽媽們組織化從事服務推廣，各地的故事媽媽團體及故事協會，如雨後春筍般陸續成立，帶動了閱讀熱潮。目前全省共計有二十四個故事媽媽團體。

　　個人也因緣際會，於一九九六年接掌毛毛蟲基金會，至二〇〇八年六月卸任。前後約有十來年時間，這是兒童閱讀推廣的黃金時間。

　　閱讀，在臺灣似乎成為全民運動。大家較為耳熟能詳的個人，有李家同、洪蘭、林真美；團體以各大企業的基金為主軸，其中又以「天下雜誌教育基金會」最為有名。他們也致力於「希望閱讀深耕計畫」，在二百所偏遠鄉鎮小學亦灑下閱讀種子。

　　民間力量激活了全國民眾的閱讀力，出版社也出版了許多與閱讀相關的論著。

教育當局政策推動

　　在政、產、學的齊力推動之下，閱讀儼然成為運動，讀書會更蔚為風氣，一九九六年，文建會調查搜集了一千六百九十四個讀書會通訊數據，這些都是與政府有聯繫的讀書會團體，若包括一些隱性的團體在內，當時約有六千個以上的讀書會團存在。二〇〇〇年被臺灣定為「兒童閱讀年」，一系列培養兒童閱讀風氣的計畫開始實施。二〇〇〇年五月，「兒童閱讀運動」興起，二〇〇〇年七月十九日通過

「兒童閱讀實施計畫」，長期潛隱的能量爆發。

二〇〇六年，臺灣首次參加「PIRLS國際閱讀素養」評比，結果卻出人意料。臺灣四年級孩子的閱讀理解能力，在四十五個國家和地區中名列二十二；而早年頻頻來臺灣「取經」、同樣使用繁體中文的香港地區，卻從第十四名躍升至第二名。

這個成績讓教育現場重新審視閱讀內涵：熱鬧的活動背後，真的能提升學生的閱讀素養嗎？種種非專業的「課外」活動，足以應付未來對「閱讀能力」的要求與挑戰嗎？臺灣推動閱讀，還缺少哪些環節？

PIRLS評比公布的二〇〇七年，成為臺灣閱讀改革的轉折點，多年來，由學者專家、現場語文教師、政策制定單位掀起的「第二波閱讀行動」，開始看見了不同的方向與重點，在猶豫與嘗試間拉鋸、緩步前行。

「悅讀一〇一」項目改變過去針對弱勢地區的輔助，轉為全面性的閱讀性的閱讀政策推動。自二〇〇〇年開始的「Bookstart小一新生閱讀起步走」，透過全面大量贈書，鼓勵孩子跨出閱讀的第一步。通過為新入校學生贈送閱讀禮袋、建置班級圖書角、為家長舉辦「親子閱讀講座」，分享如何和孩子進行閱讀、如何為孩子挑選好書、如何將閱讀融入生活中，以及如何通過親師合作，提升孩童的閱讀興趣，共同營造豐富的閱讀環境。

為了讓現場教師具備專業閱讀推動能力，臺灣自二〇〇八年十月辦理「閱讀教學策略開發與推廣計畫徵選」，參與徵選的所有方案都是大學學者與一線老師合作研究的閱讀教學策略，研究對象除關注一般學童外，如何提升弱勢及低成就學生的閱讀成效，也是探討的主題。目前方案已集結成「閱讀理解策略教學手冊」，供各校教師使用。

閱讀的推動除了圖書的增購外，更要有人力的配合。為培育國小

圖書資源管理專業師資以有效管理學校圖書設備及資源、增進學童應用圖書數據之能力、建構學校之閱讀推動策略以提升學生閱讀與學習能力，臺灣於二〇一〇學年首度試辦「縣市國民中小學圖書館閱讀推動教師實施計畫」且頗有成效。同時，規劃「分區輔導網絡與建立典範學校計畫」，建立起閱讀教師及圖書館的運作模式；建立各縣市閱讀種子師資培訓制度，提升一線教師的專業能力。

但是，政府諸多相關閱讀的方案，似乎有失治標與虛應之嫌。或許我們要的應該是「閱讀就是課程」，官方政策總是跟不上需要。

筆者認為，就小學生而言，教育的目標是：學會學習的方法、學會生活。這是一個學習的時代，如果我們確信閱讀是學習的基礎，也是教育的靈魂，那閱讀就有必要成為一門專業的學科。它就不屬於國語的另一個專業，是專業的「閱讀」課，有它的課程與教學，其目的在於教會孩子學會學習。

——2014年8月《出版人》總第217期，頁98-99。

臺灣地區有關的作文
教學研究與事件

一　前言

　　從新制教育國民小學暫行課程標準以來（1929年8月），國語文的課程內容從早期注音符號、說話、讀書、作文與寫字，到十二年國教的六項能力指標：注音符號應用能力、聆聽能力、說話能力、識字與寫字能力、閱讀能力與寫作能力。雖然課綱中都有規範與說明，但實際的的教學，是以「讀書」為主，也就是以教科書（國語課本）為主體，在課程表上似乎亦以「讀書」為標示，至於作文、說話、寫字課時如何分配，並不一定遵守課綱的規定。於是有心教學的語文老師，會有人專注於說話、作文，以及新流行的閱讀等方面的研究。

　　本文則以作文為主，說明臺灣地區一九四九年以來，有關作文教學法研究及作文教學事件，以見時下的教學案例，教學案例由學生張榮權提供，他是作文教學的名師，從其中可見臺灣地區國小作文教學觀念與演進。

二　作文教學法研究

　　作文教學法常為學者及作文教學先進們的作文教學觀念之體現，其與作文教學觀念演變，可說是一體的兩面，互為影響的因子。

　　探討作文教學方法的書籍很多，教師、家長甚或學生及有興趣於作文教學的各階層人士只要有心，可說是俯拾即得，即使如此，似仍無助於作文教學成效的提升，筆者以為可能的原因在於：當教師在課堂上滔滔不絕地講述或運用某種作文教學方法時，往往只將焦點著重於該方法的移植或模仿，未就該書作者的深層意識，亦即代表此作文方法的精神或觀念加以深究，而導致作文教學效果不彰的情形發生。

　　作文教學書籍之多，讓人眼花撩亂，如何就眾多的參考書籍中篩選出具時代性及觀念意義的代表作品，實非易事。

　　個人擬就一九四九年以來，至九年一貫課綱實施，其間選取重要者下列八本。

	作者	書名	出版社	時間
1	林鍾隆	愉快的作文課	益智書局	1964年10月
2	黃基博	圖解作文教學法	仙吉國小	1969年7月
3	林玉奎	連環作文教學法	廬山出版社	1975年1月
4	鄭發明 顏炳耀 陳正治	作文引導（一）（二）	國語日報社	（一） 1976年2月 （二） 1977年4月
5	孫晴峰	炒一盤作文的好菜	東方出版社	1988年9月
6	林建平	創意的寫作教室	心理出版社	1989年3月
7	張新仁	寫作教學研究	復文圖書出版社	1992年2月
8	仇小屏等	小學「限制式寫作」之設計與實作	萬卷樓圖書公司	2003年11月

這八本探討作文教學方法研究的專書，作為臺灣地區作文教學法研究的代表。這八本著作，有的是實用性大；有的是開某些作文教學觀念的先河。其篩選的標準是：版數之多寡及教學風潮之帶動或教學法之創見。以下依次說明之：

（一）林鍾隆《愉快的作文課》

林鍾隆，臺北師範普通科畢業。從事教職（小學、初中、高中）三十年後退休，著作等身。專事寫作及指導中、小學作文，推展作文教學。一九七四年四月創兒童詩刊《月光光》，一九九○年十一月《月光光》出版七十八期。一九九一年三月易名為《臺灣兒童文學》重新出發並改為季刊。是臺灣戰後第一代作家。

在介紹林鍾隆的《愉快的作文課》，便不能不先從趙友培的《文藝書簡》及王鼎鈞的《文路》這兩本書談起。趙友培的《文藝書簡》

創作於五〇年代的初期，全書所談皆為文藝寫作的問題。在此書中，他提出觀察、體驗、想像、選擇、組合和表現，是創作主要的六個過程，是學習創作法則和運用創作法則技巧的要道（趙友培，《文藝書簡》，頁11）。趙友培教授認為觀察可以描摩自然；體驗可以同化自然；而想像則能妙化自然。在寫作時作者所選擇的，通常便是哪些「觀察、體驗及想像過」的素材，而組合活動的進行便如裁縫，不適的，要裁掉；不連貫的，要密縫，必須掌握理智的剪刀，按照所需加以剪裁，然後運用思想和情感的針線，密密縫製，才能完成一件天衣無縫的作品（同上，頁31）。因此，組合可說是為了聯絡、貫串、調整、配合那「所觀察、所體驗、所想像、所選擇的、所組合」東西而存在，最後表現於外的（同上，頁132）。而王鼎鈞創作《文路》（1963年，益智書局）的動機則是受了趙友培《文藝書簡》（1949年，重光文藝出版社）的影響。他認為趙友培把寫作的過程分成「觀察、體驗、想像、選擇、組合」等五個階段，將生活經驗轉化為寫作之素材，不但是大作家創作的方法，亦是初學者學習之鑰，從事學習寫作之人，若能採用此法，相信能於作文書寫上受用不盡。為了讓學生明白文章是由生活中而來，也為了使學生提高對作文學習的興趣，王鼎鈞特地採用記述體、故事、書信及問答等體材來寫作，將理論具體化，把二十餘篇的短文，分成總說、以觀察為中心、以想像為中心、以體驗為中心、選擇和組合等五大單元，呈現於《文路》一書中，期能對初學者的寫作思想有所啟發。

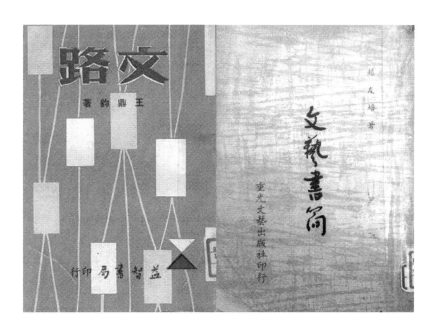

　　無獨有偶地，林鍾隆於一九六四年十月出版的《愉快的作文課》
亦與上述二書有異曲同工之妙。在此書中，林鍾隆介紹了各種體裁文
章的作法，並將「視、聽、感、想、做」的感官拓思法應用於其中，
全文以教學演示的方式呈現，文字深入淺出，易為兒童自學。「看、
聽、感、想、做」五感教學法（又稱為感官拓思法）為林鍾隆所獨
創，在其對作文教學研究的歷程中，有感於學童寫作上最主要的困難
點乃在於寫作材料的蒐集和呈現，因而潛心研究並歸納出兒童的每一
句話、每一個觀念，皆透過「看、聽、感、想、做」等方法而來，只
是兒童自己不自覺罷了，為此，他特地編輯成書，一方面說明此觀念
的發現，另一方面則透過淺顯易懂的方式，介紹此種作文教學法之應
用，期望從事作文教學的老師，能於課堂上作「五感法」的認識與指
導，並提供練習發表的機會，以提高學童作文的興趣。

　　林鍾隆對作文教學的鍥而不捨，驅使他一篇篇地研讀學童所作的
文章，分析其取材方法，終於歸納出學童取材的來源，皆不脫「看、

聽、感、想、做」此五種方法，因此，建議教師在作文教學上，利用時間做「五法」的認識指導與利用「五法」搜集材料加以發表，使學生的經驗能透過自我的思考與省察，從一團模糊當中逐漸清明，而創出一篇篇屬於自己的文章。其實，所謂的五感教學法亦即是科學過程中觀察能力的培養。利用眼睛去看、耳朵去聽、鼻子去聞、舌頭去嚐及身體去觸摸等感官之運用，期能仔細地敘述及記錄觀察的事項，並進一步養成分類、預測及推理的能力。這些皆須由觀察能力而來，因此，觀察是一切科學過程的基礎。若能熟悉看、聽、感、想、做五種感覺作用的應用，在熟練記敘、論說、抒情等方法，則要單獨用，雙種合用，還是多種合用，全憑智巧及方便；只要對「看、聽、感、想、做」五種基本作文方法及記敘、論說、抒情三大類之文體熟練了，要如何千變萬化，都能得心應手的（林鍾隆，《愉快的作文課》，頁103）。此書雖淺顯易懂，適合學生自行閱讀，若能配合教師在課堂上適切地引導，尤其對初學者而言，相信能使其達到團體合作學習的效果，不但能將自己曾擁有的經驗與知識抒發為文，更能藉此機會吸納他人的知識與經驗，擴展自己的視野，一舉數得，是一種值得推行的有效作文教學方法。

《愉快的作文課》，出版之後，大受歡迎，也很受稱讚，並印行十四版。後來出版社結束營業。二〇〇一年元月改由螢火蟲出版社發行。

螢火蟲出版社再版時封底的推薦詞是這樣寫的：

> 「看、聽、感、想、做」五感教學法是林鍾隆先生在作文教學上一大貢獻。它的作法是學童在作文時，教師鼓勵他們用眼睛去「看」，用耳朵去「聽」，用心靈去「感覺」，用頭腦去「思考」，用身體去「活動」。

本書就是「五感教學法」的具體實踐，全書以教學演示的方法呈現，文字深入淺出，最適合兒童自行閱讀及教師在課堂上講解運用。

（二）黃基博《圖解作文教學法》

黃基博。屏東縣人。省立屏東師範學校畢業。終身任教於仙吉小學。並投入大量時間於兒童文學創作與教學，是全能型的作家。

黃基博用耐心與毅力，研究作文教學法，從事實、比較、分析、檢討、改進，終於有了心得，於是他將這些作文教學法的單元活動設計，發表在各種期刊。這種教學法，曾在一九六八學年度，代表屏東縣參加臺灣區國民教育輔導工作檢討會成果報告，榮獲優秀獎，得到教育廳的獎勵，也因此榮獲中國語文學會的第四屆中國語文獎章。

這種教學法結集出版，書名《圖解作文教學法》，它是仙吉國小叢書的一種。

　　黃基博的《圖解作文教學法》，出版於一九六九年七月，歷二十餘年後，再度由國語日報社於一九九五年五月再度出版。大體說來，此書是為了革除傳統作文教學的積弊而創設的（賴慶雄，《圖解作文教學法》，序1）。在傳統作文教學的框架中，教學的活動往往是在老師一個口令一個動作，或是全然「自由發揮」毫無指導的狀態下進行的，此種過與不及的情況皆非合適的教學之道，因此，在這樣的教學空間中，學生個性的發展、聯繫或想像能力的啟發，無法受到妥善的引導，其學習成效必然乏善可陳。黃老師有感於此種單項注入式的作文教學模式或是無為而治的教學態度，不是會造成嚴肅、呆板的師生互動，便是會導致學童的思想與個性發展，無法受到妥善的照顧與啟發，基於此種考量，乃致力研究出一種較科學且具創意的作文教學法，希望能指導兒童寫出不同中心思想、內容、結構及體裁的好文章來，於是創制出一種以符號作為圖解，再作具體解說的「圖解作文教學法」。此種作文教學方法的構想，概述如下：

　　第一步要決定中心思想：依據題目，由兒童自定。

　　第二步要選擇材料：當學生選好中心思想後，應讓其依據中心思想去選擇相關的作文材料，作為寫作的準備。

　　第三步要分段安排：將上述所選的素材，依據欲在文章呈現的先後順序，適當的安排段落。

　　第四步要決定文章的體裁：文章的體裁就好比是房子的式樣，有歐式、日式、中式等，其樣式的選擇應由居住者依其喜愛或需要來決定。

　　「圖解作文教學法」相較於傳統作文教學方法，最大的特色在於作文中心主旨及段落結構的多樣化及彈性化，且強調對學童組織能力培養及訓練的重要性，方便寫作者將抽象的文章組織具象化，以使其能掌握寫作歷程，發展寫作的思考策略。因此，便能建造出一幢幢美

輪美奐的房子是一樣的道理。它可以指導兒童分段和布局，補救學童「缺乏組織架構能力」這方面的缺失。兒童搜集材料的能力，在經過適當方法的指導之後，往往能夠針對題目而尋出豐富的素材，然而這些素材雖豐，卻多是雜亂無章而未經剪裁，此時，教師若能依循「圖解作文教學法」中提及的幾個步驟：由學生依據自定的中心主旨去取材、編號，並作適當的段落安排及體材的選擇，相信學生在此步驟的指引之下，定能具備寫作完整文章的能力。

《圖解作文教學法》全書採淺顯易懂的圖文配合方式進行教學演示的解說，言簡意賅，利於老師對此方法的吸納與應用，也便於學童的自我學習。就實用性而言，易收立竿見影之效；就其精神面而言，亦符合了個別化的指導原則。作文是思想情意的一種表達方式，學童唯有在各自不同的生活經驗、知識程度及思考方式下，所抒發的思想與情意，才是最真、最善及最美的。因此，在指導學童寫出一篇篇屬於「自己的文章」這樣的教學目標前提之下，黃基博的《圖解作文教學法》，的確是一把珍貴的開門之鑰。

基本上這是一篇實務作文教學的報告書。原著於一九五八年七月出版時，有關圖解作文教學法的文章：

　　圖解作文教學法　仙吉國小　頁1-11
　　圖解作文教學法（代序）　黃基博　頁12-18

前者應是代表屏東縣參加臺灣區國民教育輔導工作檢討會的現場教學設計，後者是成果報告書，兩篇合計十八頁。至於教學活動設計則有一百三十二頁。而一九九五年五月由國語日報社出版的版本，則是作者重新修訂改寫。與原書樣貌內容判若二書。新版可說簡明扼要可行。全書目錄只有四個部分：

幻燈片──概念剖析。

論文──思想形成。

劇本──活動演繹。

教學流程──全程說明。

（三）林玉奎《連環作文教學法》

　　林玉奎有感於國小學童作文能力的低落、進步的遲緩及作文教學的觀念及方法在形式、應付及升學主義陰影的籠罩之下，始終無法隨著時代及社會結構變遷而與日俱進，在此種種限制下，乃奮力於作文教學的研究中，期能找出根源所在並加以改進。結果發現：造成作文教學成效不彰的原因雖多，但最主要的因素乃是作文教材的散漫孤

立、無組織缺乏系統，且教學方法多承襲傳統「八股」的觀念所致之，而學童在教學上被教師權威所覆蓋、在思想上受到束縛，終至由興趣低落而轉至消極的應付或畏懼的態度（林玉奎，《連環作文教學法》，頁1）此和課程標準所預期的教學效果，往往相差了十萬八千里，甚或背道而馳。究其因，傳統作文教學題材之來源，往往採單一組織，沿用「一題一單元」的方式，每次的作文教學題材往往都是教師在課堂上當場「靈機一動」下的產物，所以一學期下來，作文教學一路走來的便只是這些題材及旨趣各不相同的體裁所東拼西湊出的一些文字上的排列組合罷了，也許連老師心中對作文教學都缺乏通盤的計畫及對進度的安排，更遑論分析、理解及組織能力尚待引導建構的孩童。因此，學童在習作上的適應困難，對作文學習的逃避態度，自是可想而知了。連環作文教學法針對「一題一單元」所提出的改革之道，期能以有組織、有系統的教學方法，增進學童寫作的基本知能（同上，頁3）。上述即為「連環作文教學法」的基本構想。

　　兒童天性對連環事物的強烈好奇，激發林玉奎在作文教學上的創新及設計。兒童因其生活經驗及生活空間的有限性，因此，作文題材的主體若能搭配課文單元，並符合生活經驗，使其舊經驗與之連結，便能適於兒童表達能力的發揮，也能引起較高度的寫作興趣及意願。基於此，林玉奎特地根據兒童實際生活的內容，歸納出家庭生活、學習生活、保健生活、倫理生活、野遊生活、休閒生活及社交生活等七大單元，每一單元並畫定寫作的範圍，以作為教師和學童選定題材及組織作文教材的依據（同上，頁11）。其連環作文教材單元劃分如圖下：

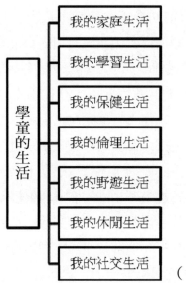

（見《連環作文教學法》頁13）

　　一般而言，我們耳熟能詳的自由創作、看圖作文、範文仿作及聽寫作文……等作文教學方法，只要是老師在考慮題材及適合兒童程度之下所作選擇，無一不是可行之道。

　　作文教學與課程標準向來就像兩條平行線般，各行其道，以致作文教學不受課程標準的規範，而無法達到作文教學的目標。林玉奎的《連環作文教學法》著重於學生生活的實際價值，結合了生活教育和倫理教育，並強調老師在學期或學年的銜接上須作通盤的籌劃，期能透過有組織且系統化的題材設計來增進學童寫作的基本知能。他認為在學童日常的生活中適合於學童寫作的作文題材可說是俯拾即得，但這些多而龐雜的教材，若沒有下功夫去選擇、分類和組織，使作文教材組織系統化，讓學童循著脈絡清楚的軌跡，去從事作文學習，逐漸擴展其智能的話，則效果不但大打折扣且會流於傳統「蜻蜓點水」的教學，如此地暴殄生活周遭珍貴的素材，於教師教學無補、於學生學習無益，實是雙重的浪費。

　　由上述連環作文教學法的特色中，可看出其主張與課程標準之規定多所符合。如一九七一年版課程標準「教學方法」提及的「作文教學活動應在各學年作通盤的計畫，安排教學進度，以達普遍練習的目的」及一九七五年版課程標準「教材的編選和組織」提及的「作文教材應適合兒童的實際生活，並配合國語課本的教材，時令季節，做全年有系統的計畫」之規定，具相互輝映之效。尤其難得的是，上述所作之規定，林玉奎早於《連環作文教學法》一書中便已提倡，這是國內首次就此觀念編著而成的第一本作文教學專書，自此而後雖還有不同於《連環作文教學法》等其他的作文教學專書陸續地提倡，但對於「作文題材須配合學童生活經驗，結合國語教材且作系統化的組織」這樣的觀念，則是深根於此，也為後來的學者所接受並採用。

（四）鄭發明、顏炳耀、陳正治《作文引導》（一）、（二）

　　說到國語日報的《作文引導》，就會想國語日報語文中心的盛
況，尤其是作文寫作班。

　　國語日報的語文中心是在一九七三年二月二十八日籌備完成，三
月一日即正式招生，創設的原因是國語實驗小學（原屬省國語會）在
張希文校長任內常會招收一些僑生或外國學生入校學習國語，這些學
生常常需要施以額外教學，張校長退休後，國語實小不再接受這類學
生，因此擔任國語日報常務董事的張校長，便提請董事會決議，成立
了語文中心，收容這類學生。而張希文就是語文中心的主任。

　　一九七三年三月首先開辦的語文班和正音班。語文班招收的是外
籍人士與華僑子弟；正音班不限年齡和國籍。

　　後因受到社會重視及肯定，增開設供國人子弟學習國語文的班
級。五月上旬又加了寫作班及書法。而鄭發明、顏炳耀、陳正治三
位，正是作文寫作班的講課老師，三位當年都是年輕的小學老師。

　　《作文引導》上、下兩冊作文書，該書分別於一九七六年及一九
七七年第一次出版，迄一九九四年六月止，出版數分別高達三十六版
及二十五版，近二十年來不但是小朋友在作文上的良師，也是教師及
家長們在引導學童寫作上的主要參考，對臺灣作文教學上的貢獻不可
謂小。該書是由鄭發明、顏炳耀及陳正治三位老師所執筆，他們依據
多年研究作文的心得及教學作文的經驗，提出了作文原理原則的探
討、作文教學方法的分析及作文實例的列舉，相信對有志於作文學習
的兒童而言，能給予實質的幫助，也能提供從事作文教學的教師及家
長們某種程度的啟發。

　　此二冊《作文引導》是國語日報社搜羅函授班所寫的作文講義編
印而成的。第一冊共四十五篇，每篇引導文字數在九百字以內；第二
冊共二十七篇，每篇引導文字數在兩千字左右，各篇引導文除了講授
一個主題之外，隨後並附一至兩篇的學生作文示例。此作文示例之作

品選自函授班及作文班，是學童根據作文引導的方向所寫成之作品，僅供教學參考，而非範文仿作。作文教學的目標並非為了養成才高八斗、學富五車的大學究而設，相反地，它只期望透過小學六年中語文教育的過程而養成學生能用文字抒發心中的情感及意見的基本知能而已，因此，在練習的過程中，它是生活化、經驗化的，甚至可以透過「談話」的方式進行學習，這便是國語日報社出版《作文引導》的用意所在，期望能藉「談話」的方式、突破教師及學童在「教」和「學」的瓶頸。

此書名《作文引導》，我們不難看出重點就在「引導」這樣的觀念之上。杜萱在〈培養作文思考能力的教學原則〉一文中指出：大多教師在上作文課時，普遍都犯了下列兩種毛病；一是漠不關心；一是過度熱心。前者在揭示作文題目後便由學生自行寫作，在對題目一知半解而毫無指示的情況下，學生只好無所用心，推諉塞責一番，此種自我嘗試、自我摸索的作文方式，其效果如何，可想而知；後者則不但替學生編擬好大綱及段落，更規定了每段的用詞遣字，學生所要做的工作便是鑲嵌補苴，據以鋪衍成文就好了。學生的思考及創作能力，無疑地會因為老師的過度熱心而被限制或全部抹煞掉，傷了老師的熱心，也扼殺了學生學習的信心。如果老師能在作文課堂上先提示文體，確立題目的性質和範圍，讓學生辨明寫作的立場和目的，以及值得運用的開端、發展和結尾諸注意事項後，其留下適度的寫作空間和想像的餘地，讓學生自行去思考所要表現的全文主旨，自行編擬大綱並進行文章的構思及布局的話，相信定能充分地引起學生高度的作文動機，並將此有力之動機，立於不墜的境地（見1987年6月《中國語文》月刊360期，頁17）。因此，教師在上作文課時，應居於備詢的立場及指導者的角色，學童的老師其實就在他們自己，每一位小朋友皆有其獨特的心靈世界和表達方式。對於學童的作文，身為教師者實

不宜也不必灌輸太多或限制太廣，在其具備了基本的寫作知能後，應讓他們盡情地寫、快樂地寫，等到突破了大不敢寫的障礙之後，再適度地給予方法上的引導，便能收點石成金之效了。

（五）孫晴峰《炒一盤作文的好菜》

1999年10月增訂初版

孫晴峰，臺南縣人。臺灣大學森林系畢業後，赴美國雪城大學修習教育工學，全名是教學設計、發展和評估，是教老師如何設計教材，使教學更有效率。

最後一門課，要學生將所學的一切，設計一套教材，並實際試將之後，做評估，再做修正。

於是引發孫晴峰想將自己所受的專業訓練與自己對兒童的興趣結合起來，便想到教小朋友寫作。一九八四年，人還在美國時，就與臺

北市師院實驗小學校長聯繫。九月回來，擔任學校高年級課外活動作文組的老師。

次年，在國語實小三年級的課外活動教作文。

第三年，找到了雙溪國小的王天福校長，鼎力支持她的計畫，將作文教育納入正式的作文課。從一九八六年二月至一九八七年一月底，孫晴峰開始在雙溪國小實驗教學。孫晴峰負責設計、提供教材，而由四年乙班的導師吳惠芳教學。孫晴峰旁觀並記錄小朋友的反應。於是有了《炒一盤作文的好菜》這本書。她為長期被作文教學所困的老師們提供了另一種可行的教學之道，也解除了學童們長久以來談作文色變的畏懼與無奈。

與其他作文教學書籍最不同的一個特色，便是這本書不談作文教學的理論，也不說作文技巧，而且教材是以一種生動活潑且實用的教學演示在呈現，不同於一般靜態敘述的教學專書。該書作者在序曾提及「作文教學的目的，其實便是不需要作文教學，而能讓學生自由地、樂意地去寫作」，這句話是她對學童作文教學觀念的一種詮釋，的確帶有一些禪機。姑且不論是否認同她的「作文教學的目的便是不需要作文教學」這樣的一個觀點，且讓我們先走進孫老師作文教學的園地中去一窺究竟，探究其想法，畢竟思想或觀點原本就是兼容並蓄的，怎麼想都可以，只要說得出道理來。

對學童而言，作文不可或缺的基礎，便在於要有敏銳的感受力，而敏銳感受力的培養，依孫氏的見解而言，便是要學童透過磨利「視、聽、嗅、味、觸」這五種感官的感覺作用開始。之所以強調感官作用的重要及不可或缺性，乃因缺乏感受力，便會使得寫作的資源匱乏，所謂「巧婦難為無米之炊」是也，徒有再好的寫作理念或技巧亦無益，堆砌出的不過是空洞的詞藻罷了。生活中一些細微平常的美，其實是很耐人尋味的，教學童如何仔細去觀察、去體會，除了在

寫作上的助益之外，其實更重要的是教給他們一個去豐富生活的本領（孫晴峰，《炒一盤作文的好菜》，頁20）。

　　兒童感官的經驗，雖說是寫作文章素材之來源，但作者強調並不是把這些經驗直接記錄下來就好了，她曾以「堆樂高玩具」做比喻：文章的素材，就像樂高玩具的各個小塊，先有一個想法（中心思想）後，依心中的構想將素材好好地組織起來，才能成就一篇完整的文章。因此，如何將生活中的許多靈感及經驗的素材，透過去蕪存菁的過程，而將之抒發為文，便是教師在擔任教學引導者此角色扮演時，所應發揮的最大功能。此外，在行文中，作者特別強調「生活是創作的沃土，離開了它，像是瓶裡插的花，美，但是活得短暫，而且不可能有結果」這樣的觀念，寫作之素材既是強調由生活而來，則人又是習慣的動物，對於周遭一切的人、事、物，便易犯視而不見、聽而不聞、習而不察的壞習慣，因此，為了從小便能培養學童敏銳的感受力，也為了預防感官遲鈍之虞，教師必須認知到，避免此情形發生的最佳對策就是向對付生鏽的刀一樣，要使勁去磨它，才會越磨越利。而學童在一再地淬礪之下，其感受力便會日趨敏銳，將此敏銳的感受力與學童自身特有的生活經驗相結合，便能展現出篇篇各具特色的好文章來。

　　此書的作文教學理念，源自於美國小學作文教學之模式。由「視、聽、嗅、味、觸」五種感官訓練著手，並將「兒童哲學思考觀念」引入作文教學，期能透過教師資源提供及引導討論的輔導角色之扮演，將學童的生活與學習活動作一結合，其中所強調的感官訓練與林鍾隆所提倡之「五感教學法」，實有相互呼應之效。

　　這是一本憑藉其對作文教學的熱愛與其所受相關專業知識所結合而成的一本作文教學結晶，短短幾年間的從無到有，到結實纍纍，藉由作者在作文之路上這一路來的經歷及體驗，可為與不可為，願為與

不願為，相信你、我皆已了然於心，唯有真正的重視作文教學，它才能獲得改善。

本書除實驗精神可嘉之外，其理論與教學設計皆來自美國。並帶入兒童哲學的合作學習的討論方式。

作者後來又修讀波士頓西蒙絲女子學院兒童文學碩士、麻州大學安城分校傳播學院博士。現旅居美國。

（六）林建平《創意的寫作教室》

「創造思考教學」此一觀念首先由賈馥茗於一九六八年起引進國內，並實施一系列的訓練教學，後來又在毛連塭的大力提倡下，帶動國內各科教學的生動、活潑、自由及創意化，使學生的思想更富創意性，而形成一股教學風潮。此研究風氣，以臺北市立師院為研究中

心。隨著此一新穎觀念的散播，國內亦有不少學者投身於此研究中，成果頗豐。如：張清榮的《創作思考作文指導》、王萬清的《創作性閱讀與寫作教學》、國語日報社《小朋友創意作文》及《創造思考作文》、屏東師院初研所學生蔡雅泰的碩士論文《國小三年級創造思考作文教學實施歷程與結果分析》等，皆是在「創造思考教學法」的激盪之下，所產出的研究或教學實驗成果。此外，相關理論專書則有陳英豪、吳鐵雄及簡真真三位所編著的《創造思考與情意教學》及陳龍安的《創造思考教學的理論與實務》。本書作者林建平早於一九八三年碩士論文中從事作文科的創造思考教學實驗研究，五年來對創造思考教學研究的熱衷及經年不斷地搜集國內外相關創意寫作教學的資料後，終於將所搜集到的珍貴教學資料配合理論的整理，彙編成《創意的寫作教室》一書，於一九八九年三月出版。在臺灣，第一位將創造思考教學的理念帶入作文教學者，且對理論及實驗教學亦多所鑽研，因此在本節中介紹其大作《創意的寫作教室》，期能為從事作文教學的教師們提供另一種不一樣的教學之道。

我國作文教學向來由「教師一言堂式」所進行的這種作文教學方法，早已到了非改革不可的境地了。時值創造思考作文教學的風潮，因此，多樣化、活潑化且彈性化等作文教學的呼聲，便此起彼落地響起了。

除了在作文教學方法及教具的求新求變這個大前提外，更重要的是透過對創意教學理論的認識，可以讓教師對自己作文教學的方法及態度重新檢視一番，體悟到教學當以學生的需求為主體，善盡為人師引導的角色，如此，學生便能循著教師鼓勵及讚美的方向走去，作文教學目標的達成才有希望。

《創意的寫作教室》一書，分成兩大部分。第一部分，是理論篇，即第一章至第四章，專談創造思考的意義、語文創造思考教學，

及創造思考和寫作的關係。第二部分是應用篇，即是第五章、第六章，提出創意寫作的模式、創意寫作的十九種教學方式，及創意寫作的教學單元設計。（90種單元設計）

　　林建平，曾任國民中小學教師。出版當年任教於臺北市立師範學院。

（七）張新仁《寫作教學研究》

傳統作文教學不是以教師在講臺上所講述的寫作技巧為主，便是期望學生透過自學的過程學會如何進行寫作的活動，這些教學模式的重心皆將焦點置於「學生作品的產出」，這種以成果為導向的作文教

學可說是國內目前最普遍的寫作模式了，反觀國外，尤其是美國在一
九七〇年代時，在「兒童教育中心」思潮的影響下，寫作過程逐漸有
從「成果導向」轉為「過程導向」的趨勢（張新仁，《寫作教學研
究》，頁34）。過程導向寫作教學法強調的是在寫作教學過程的進行
中，教師應提供給學童「過程性協助」這樣的一個觀念，亦即由教師
教導學童一些寫作策略，以助其能自行計畫、起草或修改等的寫作過
程，強調的是教學童如何去釣魚的思考。國內近年來在高雄師範大學
張新仁教授的潛心研究之下，此種作文教學的新趨勢。除了張教授的
投入外，亦帶領研究生做相關的研究。這些研究除了為「過程導向寫
作教學法」建立更多可貴的實徵性資料外，亦更加肯定此教學法的可
行性及價值，並為國內作文教學帶來另一種新嘗試。

　　《寫作教學研究》出版於一九九二年二月。如作者在序言中提及
的，此書最大的特色及成效即在於將教學理論應用於實際的教學，並
付諸實證研究，以確知其成效。這裡所指的教學理論便是「認知心理
學」。認知心理學在寫作過程方面的理論與研究，使得寫作教學有了
嶄新的面貌，從以往的「成果導向寫作教學」轉變為「過程導向寫作
教學」，並成為目前寫作教學的新趨勢（張新仁，《寫作教學研究》，
序）。由以上不難看出，傳統寫作教學在認知心理學的影響下，在教
學觀念和寫作上皆有相當大的轉變。

　　大體說來，認知心理學所探討的是，當個體從事某工作時，其頭
腦裡所發生的種種（即心智歷程）及個體儲存知識，並將其運用至某
項工作時的方式（即心智結構），這樣的一個歷程，從事教育工作者
不可不知。因此，教師在指導學生寫作時，宜對學生進行深入的了
解，以診斷其寫作歷程上所發生的困難，以便積輔導學生，使學生能
享受這個複雜的發現、探索和創造的高級心理活動。與此觀點相近的
是，「過程導向寫作教學法」特別強調，在學童寫作的過程中，教師

應積極地介入，協助學童解決過程中的困難，教導其有關的寫作知識、策略和技巧，以提升學童寫作能力。

國內有學者提倡「過程指導寫作教學法」，此法強調個別化的教學觀念，既能對症下藥又符合人本精神，只要教師在從事教學時，能真正考慮到學童不同的先備經驗及差異性，不揠苗助長，相信這樣的一種教學觀念及教學方法，定能為作文教室裡帶來春天。

全書計有六章，附錄有七個。是教學型的學術性研究。首先即分章探討有關「寫作過程」、「寫作教學」及「過程導向寫作研究」的理論與研究。再以國內學童為對象，說明文為實驗題材，驗證「過程導向寫作教學」在臺灣地區實驗的成效，而後提供未來實驗的建議和研究的趨勢。

作者研究當時是高雄師範大學教授，目前是臺北教育大學校長。

（八）仇小屏等《小學「限制式寫作」之設計與實施》

　　上個世紀九〇年代末期以來，寫作教學最大的變革是「新型作文」（含引導式寫作、限制式寫作）的出現與風行。新型作文是從出題方式的改變著手，卻帶動了命題、指引、批改一連串的變法，可說是活化了寫作教學。

　　「限制式寫作」的名稱，是二〇〇二年考選部編印的《國家考試國文科專案研究報告》中所提出的。在中學階段，自一九九四年大學入學考試學科能力測驗，以一九九七年大學聯考作文試題，突破了傳統以來「完全命題」的方式。分別出現了「限制式寫作」中「縮寫式」和「擴寫式」的命題之後，在許多大大小小的考試中，「限制式寫作」命題有如百花齊放般的紛紛出現了，使相沿已久的作文教學，呈現了嶄新的面貌。

　　仇小屏認為小學階段的學童寫作上是最需要引導的，而且「限制式寫作」有著以單項能力為導向與靈活運用時間的優點，在小學階段裡最有發揮的空間，以補傳統式著眼於綜合能力訓練之不足，所以小學階段的「限制式寫作」，可說是一片肥沃的處女地。

　　於是，仇小屏就在當時任教的花蓮師院語教系，擔任「國民小學語文科教材教法」、「作文指導」等課程，對小學階段的寫作教學懷抱著一份使命感。並於二〇〇一學年度提出「小學階段『限制式寫作』命題探析」專案計畫，通過國科會審查，於二〇〇二學年度開始執行。

　　在為期一年的專案執行，有四位小學老師擔任研究助理進行實作：花蓮縣北昌國小藍玉霞、陳惠敏老師，共同負責一年級。花蓮附小王慧敏、林華峰老師，分別負責四年級與五年級。而本書即為此專案計畫的成果結集，而且討論的範圍已不限於「命題」而已，還包括了指引的技巧、實作成果的呈現與分析。以及實際教學之後的省思。全書先有兩萬字的導論，然後分「一年級編」、「四年級編」「五年級

編」，分別呈現實作成果，並且清楚標誌出所欲訓練的能力（含一般能力、特殊能力與綜合能力。詳見全書附錄。）

仇小屏認為小學階段「限制式寫作」類型有：詞語訓練式、仿寫式、改寫式、補寫式、縮寫式、擴寫式、改正式、組合式、整理式、賞析式、設定情境式與改變文體式等十二種。後來在《限制式寫作之理論與應用》（萬卷樓圖書公司，2005年10月）一書中，增加了引言式與圖表式兩種。

仇小屏目前任教成功大學中文系。（見2015年1月，《語文教學通訊》總期數821，頁8-14）

三 作文教學事件

本小節擬針臺灣地區作文教學史上所曾經發生過且影響作文教學成效的一些較具爭議性的事件，諸如：提早寫作、作文量表、軟硬筆之爭、國語文科作文實驗教學、兒童詩歌教學等略加說明。

（一）提早寫作

一九二八年八月的《小學課程暫行標準》〈對各學年作業要項〉中對第一、二學年作文的說明如下：

　　七、圖畫故事的口述或筆述說明。

　　八、故事和日常事項的口述或筆述（包括日記）

　　九、簡易記敘文、實用文的練習研究。

　　十、其他作文的設計課。

到一九四一年十一月的《小學國語科課程標準》第二〈教材綱要〉第
一、二年學年分別說明：第一學年以口述為主，第二學年則「口述或
筆述」。實際上一、二學年的作文基本上不離說話，而且以「自由發
展」為主。一九五二年十一月《國民學校課程標準》對第二學年〈自
由發展〉的說明如下：

> （1）日常生活偶發事項等的口述或筆述。
> （2）對照畫片、實物等的口述或筆述。
> （3）故事的口述或筆述。

提早寫作是指一年及第一學期開始，學童學會注音符號之後，便
將他們能說想說的話，完整的書寫出來，會寫國字就寫國字，不會寫
國字就用注音符號來代替，這是作文教學方法上的大創新。這件創新
的實驗始於政大實小。

政大教授祁致賢是將「提早寫作」帶入實驗研究加以驗證的學
者。政治大學附設實驗學校創設於一九六〇年二月，四十九學年第一
學期開始招收一年學生，祁教授有感於兒童作文教學開始的太晚，不
但作文能力的培養受到傷害，且思想的發展亦受到極大的傷害，故而
於一九六〇年十一月六日起至一九六一年七月休業典禮之日止，進行
提早寫作實驗教學，《李愛梅的日記》是實驗教學的成果，為實施提
早寫作的可行與否，提出了最佳的例證，也鼓舞了當時有心於從事提
早寫作教學的老師們。這是作文教學史上的一次革新。

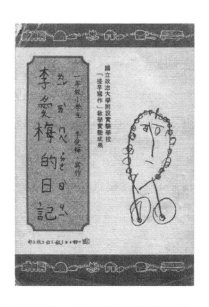

繼祁教授的實驗教學後，許多從事教學研究、學者、學校單位及教師們亦紛紛將教學法帶入其研究領域及教學天地中。諸如：臺北師專附小於一九六四年十一月十六日至一九六六年八月止的實驗教學研究、徐瑞蓮老師經由實務教學所編著的《提早寫作指導經驗談》、胡鍊輝先生主編之《提早寫作指導》、杜淑娟老師的《提早寫作欣賞》及鄭紹蒸老師所編著之《一年級國語寫作指導》等，皆是對提早寫作投入的成果，皆由他們的努力，提早寫作教學再次獲得了肯定，而此教學法也更落實於教學中了。

提早寫作的實施，則嘗試從肯定學童具備寫作文章的潛能這樣的角度，去從事作文教學的實驗改革。譚達士教授認為它是有生命的小文章，比單獨孤立的造句練習好，它教導低年級學童寫作成篇的文章，而不單是教導兒童造詞造句。啟發兒童思想、充實和發覺寫作材料，要比訓練文字符號作表達的運用，更為重要。因此，兒童所寫的雖是一篇「小小文章」，一種「文章的雛型」，但「麻雀雖小，五臟俱全」。學童若能在學習作文寫作初期，便能同時接受內容及形式上的

雙重指導，具備中心思想又具有文章格式，則它即使是一篇「小文章」，但也會具備上下連串，彼此聯絡、完整的且有生命特質的文章，有助於將來從事「大文章」的創作（譚達士，《作文教學方法革新》，頁138-139）。

每位學童心中皆蘊藏了無限的潛能，而教師擔任的便是潛能開發者這樣的一個角色。在學童剛開始從事作文學習時，有的學者從主張「看圖作文」開始，認為它是啟發低年級思考的利器；有的學者建議從「寫日記」著手，認為日記的內容以寫實記事為主，取材範圍廣，且較具伸縮性，兒童較容易下筆；有的學者建議採「畫畫又寫寫」、「聽寫練習」、「欣賞優秀作品」等方法開始，這些建議皆有其看待「提早寫作」教學的立論點，也都是能增進提早寫作基礎能力的好方法，教師可憑其對學童的了解，自行決定採用何種方式去引導學童的提早寫作，再配合愛心與耐心，因為，只要有心，要造就出一個小小的作家，應是可能的。

後來，在一九七五年八月《國民小學課程標準》中，在第一學年的作文教材綱要中則改為「配合說話教材作口述或筆述」的發表。

（二）作文量表

其實，早在一九二九年八月《小學課程暫行標準》第四〈教學方法要點〉中對作文有如下的說明：

第五、最低限度：

（一）初級結束：（3）作文：能作語體的書信和簡單的記敘文而文法沒有重大的錯誤，或作文標準測驗分數在4.5以上。

（二）高級畢業：（3）作文：能作語體的實用文、普通文而文法沒有錯誤，或作文標準測驗分數在6.5以上。

　　後來的課程標準中似乎不見標準測驗的量化說明，但作文評量向來是教師在批閱作文時的一個頭痛問題，非但評量標準不易確定，且亦易受周遭環境或自身情緒所影響，而失去公正及客觀性，因此，如何消除這種因人、因時、因地而導致的非客觀評量結果，遂成為有心人士關注的焦點及嘗試的方向。

　　我國最早的作文量表編於一九二三年，由周學章先生編製而成，當時稱之為「綴法測驗」或「綴法量表」。此量表編製於美國，乃周氏自國小二年級至中學四年級（舊學制）學生作文中搜集約一萬篇作文編製而成，過程中用各種方法篩選出最佳的三十三篇，最後再加以評判，依評判結果選出十篇，編成作文量表。最差的一篇為零，最佳的一篇為九十，此量表內所選的體裁多樣化，惟內容則是文言文體。繼周氏之後，稍後俞子夷亦在國內編製《小學綴法量表》，該量表有十八篇，並載有T分數與年級地位對照表，可供教師作為評分時的參考。與周氏編製最大的不同點在於，此量表是由語體文編寫而成的（蘇軏，《臺灣省國民中小學生作文發表能力剖析》，頁69-70）。上述二量表，可說是我國作文教學史上最早編製而成的作文量表，距現今已逾半世紀以上，然其內容早已時過境遷，然其為求作文評分標準化、客觀化的熱忱與精神，亦多可取之處。

　　以臺灣地區而言，最早的是唐守謙先生於一九五五年編訂的《初中國小作文量表》；次為省立臺中師範專科學校於一九六四年編製的《臺中師專輔導區國民學校兒童作文量表》；再來為臺南市大光國民學校於一九六八年編製的該校作文量表（同上，頁70）。唐教授所編內容、取樣範圍，由國小五年級至國中三年級，文體有「記敘文」和「議論文」兩類，每類各有作文十五篇，缺乏了國小三、四兩個年級的文章，在內容上有不完整處；後二者則屬地區性取樣，因此，其信、效度的推展自有所限制。針對上述三量表的疏漏之處，於是，蘇

軏先生乃決定重新編製一份較周全之《臺灣省國民中小學作文量表》。以下針對其國小部分的量表提出說明。

　　此次學生樣本之搜集，遍達全省各縣布（除彰化、苗栗兩縣外），共評三百四十八所學校，遍布全省各鄉鎮以及各種規模之學校，就抽樣而言，尚稱周全，所搜集到的學生樣本數高達二萬六千六百九十五篇，因為資料過多，限於時間及人力因素的考量下，所以，此次作文成績之統計量數的計算與分析上乃採用「隨機性的等距離抽樣方法」從事研究。一般而言，學生作文能力之研究內容，可大略地分為質的研究及量的研究。質的研究可研編作文量表，供教師作評判學生作文之標準，此種工作，在我國已有三、四種先後發表，有舊章可循；在量的研究方面，則思以學生所作文章之字數，而獲其發表能力之軌跡（同上，頁5）。蘇氏所為，就中外而言皆未曾聽聞，可謂創舉；且深思其研究量化之用意，亦是用心良苦。蘇氏以為從字數上表明小學生作文發表能力之進步情形，可使一般社會人士、教育行政當局及國民小學教師有一字數上的概念，以批判學生作文發表能力之優劣，此外，也可為學生的作文發表能力，乃依年級或發表程度之增加而遞增的理論，提出事實上的佐證。只不過，學生作文發表之能力，乃屬於抽象思考方面之表達，而字數之多寡真能衡量出學生作文能力之高下？筆者以為，字數多寡之於發表能力，僅可供作教師批閱時之參考，但不具絕對的標準，教師切不可囿於字數之多寡，將其作為評分的唯一規準。

　　其實，影響作文教學的因素錯綜複雜，其本身之面向非常廣，是否真能用量表來涵括，實未可知。它牽涉對「基本能力」觀念的認知，是行為目標下的產物，自蘇軏之後已不再見。目前所發展出的作文量表以「診斷性量表」為主，多用於學術研究上，但卻不流行於實務教學中。在多元的社會下，應以智慧多重的角度視之，作文量表的

發展患了「行為單一量化」的缺失，因此，只可將其視為是作文教學上努力的過程，但似不應預期其絕對的實用性。因此，與其隨時拿著不變的尺規去評量兒童的學習成效，倒不如心中常存「鼓勵重於批評」之心，如此可能會比訂出一套套的作文量表更容易達到作文教學的目標。

作文量化一直是教育學者與行政當局關心的課題。於是，二〇〇六年教育部為增進學生寫作與語文表達能力，在國民中學學生基本能力測驗，試辦加考寫作測驗，測驗依據為「國民中小學九年一貫課程綱要」——語文學習領域／本國語文（國語文）／國中階段寫作能力指標，並參酌部分國小階段寫作能力指標。希望透過各類寫作題型，客觀評量國民中學畢業學生表達見聞與思想之能力。主要測驗內涵如下：

（一）立意取材：能切合題旨，選擇合適素材，表現主題意念。

（二）結構組織：能首尾連貫，組織完整篇章。

（三）遣詞造句：能精確流暢使用本國語文。

（四）錯別字、格式及標點符號：能正確運用文字、格式及標點符號。

寫作測驗之閱卷依據為寫作測驗評分規準，由臺灣師範大學心理與教育測驗研究發展中心所製定。乃參考數個國外大型寫作測驗所公開的寫作評分規準，如美國國家教育進度評量（NAEP）、美國內華達州寫作評量計畫等，並邀請國內國文學科專家將評分規準做適當調整，並由學科專家與測驗專家反覆討論，共同制定適用於臺灣國中學生寫作測驗的評分規準。

二〇一三年起因應十二年國教，國民中學學生基本學力測驗轉型為國中教育會考，寫作測驗評分仍沿用國中基測六級分制之評分規

準，各級分之能力表現如下：

六級分	六級分的文章是優秀的，這種文章明顯具有下列特徵：	
	立意取材	能依據題目及主旨選取適切材料，並能進一步闡述說明，以凸顯文章的主旨。
	結構組織	文章結構完整，脈絡分明，內容前後連貫。
	遣詞造句	能精確使用語詞，並有效運用各種句型使文句流暢。
	錯別字、格式與標點符號	幾乎沒有錯別字，及格式、標點符號運用上的錯誤。
五級分	五級分的文章在一般水準之上，這種文章明顯具有下列特徵：	
	立意取材	能依據題目及主旨選取適當材料，並能闡述說明主旨。
	結構組織	文章結構完整，但偶有轉折不流暢之處。
	遣詞造句	能正確使用語詞，並運用各種句型使文句通順。
	錯別字、格式與標點符號	少有錯別字，及格式、標點符號運用上的錯誤，但並不影響文意的表達。
四級分	四級分的文章已達一般水準，這種文章明顯具有下列特徵：	
	立意取材	能依據題目及主旨選取材料，尚能闡述說明主旨。
	結構組織	文章結構大致完整，但偶有不連貫、轉折不清之處。
	遣詞造句	能正確使用語詞，文意表達尚稱清楚，但有時會出現冗詞贅句；句型較無變化。
	錯別字、格式與標點符號	有一些錯別字，及格式、標點符號運用上的錯誤，但不至於造成理解上太大的困難。
三級分	三級分的文章在表達上是不充分的，這種文章明顯具有下列特徵：	
	立意取材	嘗試依據題目及主旨選取材料，但選取的材料不甚適當或發展不夠充分。
	結構組織	文章結構鬆散；或前後不連貫。
	遣詞造句	用字遣詞不太恰當，或出現錯誤；或冗詞贅句過多。

	錯別字、格式與標點符號	有一些錯別字，及格式、標點符號運用上的錯誤，以致造成理解上的困難。
二級分	二級分的文章在表達上呈現嚴重的問題，這種文章明顯具有下列特徵：	
	立意取材	雖嘗試依據題目及主旨選取材料，但所選取的材料不足，發展有限。
	結構組織	文章結構不完整；或僅有單一段落，但可區分出結構。
	遣詞造句	遣詞造句常有錯誤。
	錯別字、格式與標點符號	不太能掌握格式，不太會使用標點符號，錯別字頗多。
一級分	一級分的文章在表達上呈現極嚴重的問題，這種文章明顯具有下列特徵：	
	立意取材	僅解釋題目或說明；或雖提及文章主題，但材料過於簡略或無法選取相關材料加以發展。
	結構組織	沒有明顯的文章結構；或僅有單一段落，且不能辨認出結構。
	遣詞造句	用字遣詞極不恰當，頗多錯誤；或文句支離破碎，難以理解。
	錯別字、格式與標點符號	不能掌握格式，不會運用標點符號，錯別字極多。
零級分	使用詩歌體、完全離題、只抄寫題目或說明、空白卷。	

（三）軟、硬筆之爭

教育廳於上個世代六〇年代在保存國粹、發揚固有文化的考量下，認為應多練習毛筆字，因此，規定在一般的寫字課外，國民小學

的作文除低年級可使用硬筆外，中、高年級一律使用毛筆寫作文。此規定之立意雖甚佳，但魚與熊掌能否得兼，寫字與作文能否同時進行而收一石二鳥的效果，便成為學者關注的焦點。為此，省立臺北師範專科學校附屬國民小學特地於一九七三年，對兒童使用毛筆與使用硬筆書寫在作文成績的表現上，從事實驗研究，以作為教育當局頒布規定之參考。

作文為一種快速的思想活動，靈感一閃即逝，要能捉住靈感，將文思儘快地發表於紙上，必須使用快速的書寫工具（譚達士，《作文教學方法革新》，頁23）。而毛筆字的練習則為一種技能的獲得，必須藉由一次又一次的練習，一筆一畫的描摩，方能寫出一手的好字來，這一快一慢，學習方法上的南轅北轍，如何能夠同時練習又冀望有好的學習成果呢？因此，學者們皆認為作文與寫字二者應該分開練習，才能獲得應有的效果。為支持此一論證，省立師專附小於一九七三年特地進行「國民小學作文使用毛筆與使用硬筆（原子筆、鋼筆）書寫對作文成績之比較研究」。該研究分兩部分進行：一是問卷調查法：當時三年級以上的學童開始使用毛筆寫作文，而用硬筆寫週記，作文必須於課堂內完成，週記則是課外習作，針對此情形，該實驗特地編擬問卷，以針對兒童及教師使用或指導使用毛筆或硬筆寫作的經驗進行意見調查；二是實驗研究法：該實驗期間為一九七三年八月一日至一九七四年一月二十日止，為一九七三學年度的上學期，其樣本為師專附小四及六年級學童，共十三班五百三十五人參加實驗。為求實驗之正確及可靠，故此實驗採等組法及單組法同時分別進行。等組法選自四及六年級學童各三班，約兩百名學童參與，在控制被實驗者之環境及各項條件皆相同的前提下，特將同一班級的兒童依據智商及前測作文成績分成智力與能力相等的兩組，一組使用毛筆寫作文，一組使用硬筆寫作文，該兩組皆由同一位老師採用相同之作文題材進行教

學；單組法亦選自四及六年級學童各三班進行實驗教學，該實驗教材由附小輔導部會同指導老師共同編訂而成，每一寫作單元皆包含文體相同、內容相近的兩篇作文主題，共五個寫作單元。實驗進行的方式為：第一單元的第一篇用毛筆寫，第二篇用硬筆寫；第二單元第一篇用硬筆寫，第二篇用毛筆寫，如此循環，直到第五個寫作單元的兩篇皆進行完畢為止。此單組法的特色在於，每一位學童皆可針對相同題材且內容近似的題目，分別使用毛筆及硬筆習寫一次，以便於研究出何種書寫工具有助於提升作文的學習。影響作文成績好壞的因素固然很多，但在各種因素相當的情況下，使用不同的書寫工具，亦會造成不同的作文學習成果。此次問卷調查及實驗研究的結果顯示，學童使用硬筆書寫文章速度快，思路不易受阻，因此，均能舒暢地表達出心中的思想，而使結構更加緊密，內容更加充實，而提高作文的成績，因此，孰優孰劣自不待言，而此次所得的結果，不但為作文教學方法的改良提出有力的驗證，減輕學童用毛筆寫作文章的煩惱，更可供教育行政當局作決策時之參考，實謂一舉數得。

雖然實證研究結果支持書法與作文教學應分開實施，較能收學習之成效，但事實上採用毛筆為書寫工具的作文教學依舊持續了一段頗長的時間，此現象主要係導因於下列兩個因素：一是認為可收書法之效於作文教學之上的「一箭雙鵰」式之錯誤觀念所致；另一因素為犯了「學習多重目標化」錯誤觀念。同時學習中強調之主學習、副學習與輔學習，固然是教學追求的目標，但對於不同性質的學習課程，欲強求其多重效果，則有實質上的難為之處。由上可知，觀念之正確與否實是影響教學成效所不可忽視的重要因素。

（四）譚達士《作文教學方法革新》

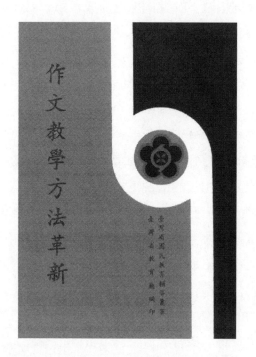

　　對於作文實驗教學，當年省立臺北師專附小、政大附設實驗小學及臺北市立國語實小及其他的國民學校的小學教師皆曾長期地投注心力於其上，而其間以譚達士教授所主持的一系列作文實驗教學最具規模及影響性。該校將進行實驗教學研究之成果，編纂成《作文教學方法革新》（1975年9月，省教育廳）一書，該書並獲選為「臺灣省國民教育輔導叢書」之一，對於改進傳統作文教學方法貢獻良多。

　　對於教育的看法，譚教授在當時提倡一種觀念，她認為：正常的教育應以指導的方法，培養兒童的各項能力，使兒童在輕鬆愉快的生活中，發展其各項才能至最大限度，從而有利於其個人生活，並進而有所貢獻於國家社會，這才是指導的目的，也才是教育的目的（譚達士，《作文教學方法革新》，再版自序，頁1）。本著此種教育理念，加

上其豐富的學術及教學經驗，因此，教學上每有任何新的構想，便會發動全校師生共同教學，在校內付諸實驗，以求實效。透過這群教育熱愛者的努力，作文、讀書、說話、寫字等各項教學成果便點點滴滴累積而成。在一九七〇年以前，省立臺北師專附小即已從事過「提前寫作」、「看圖作文」、「聽寫」、「仿做」、「實務討論作文」、「動態作文」及「命題作文」等的作文實驗教學，每項教學法皆透過教學研究及實驗這兩個歷程，且皆一再獲得教學上確實的效果。作文教學法當然不盡於此，且最有效的教學方法亦當隨社會的變遷而改變，所以，為求能更有效率地從事作文教學，便於一九七〇年以後，繼續加強研究及實驗教學，其後又陸續嘗試了「自由寫作」、「兒童創作」、「兒童詩歌習作」、「週記和日記習作」等的新作文教學法。在此值得一提的是，所有的作文教學設計皆是以「能力本位」及「行為目標」為設計的前提。所謂的能力本位指的是在從事教學活動時，教師不以知識的傳授為滿足，更注重將學生深藏的潛能引導出來，亦即一方面要學生吸收知識，獲得知識；一方面要啟發學生的能力，培養能力。此原則用之於作文教學上，指的便是：教師在指導兒童時，不應只注重造詞、造句等機械的練習，寫作方法知識的灌輸，死記標點符號及作文體裁，讓學童背誦模範作文等，而忽略了作文能力的培養，如此會使兒童下筆維艱，視作文為苦事（譚達士，《作文教學方法革新》，頁132）。具備了能力本位這樣的作文教學觀念，其實距離作文教學目標的達成，亦尚差一段距離，教師必須以兒童作文行為上實際的改變，才能決定學習的結果、才能肯定教學的成效。因此，作文教學實驗設計上必須同時兼顧「能力本位」及「行為目標」這兩個原則，才算完備。由上可知，省立臺北師專附小的作文教學實集理念、理論及科學實驗等特色於一身，無怪乎她對國內作文教學具有不可忽視的絕大影響力。

　　此書最大的特色在於「作文多元化」的落實，不論就內容或方法而言，皆朝向多元化之目標進行。這些教學活動之實驗，的確為作文教學奠立起一個新的里程碑，但這里程碑並不是一個句號，它代表的是一段辛苦走過的歷程，而這段歷程中最可貴的特色在於：每一種作文教學方法，皆經過實證研究後才顯現其真正價值。美國教育學家杜威曾說過：「知識非為中心，行動乃為中心，知識是否為真理，端賴能否實行」，因此，唯有在經過科學的觀察、實驗、經實證而確立可行的教學方法，才具有真正的實效。這是實驗教學所予吾人之啟示，有了這樣的觀念之後，往後在從事作文教學時，相信各位老師更能秉持實事求是的科學態度，細心於對學童的觀察，耐心於教學的實驗，進而發展出最具自我特色的作文教學之路。

（五）兒童詩歌與教學

　　臺灣地區的兒童詩歌教學，約早於一九三○年，但真正落實於國小教學並蔚為風尚者，則以黃基博老師為最早，時間約為一九七○年左右，而教育廳更於一九八一學年度起，透過行政力量全面加強國民中小學的詩歌教學活動。至於演進的分期，趙天儀教授於〈兒童詩的回顧與展望〉一文中，將臺灣光復迄今，五十年來兒童詩歌的發展可分為下列四個時期來加以回顧與考察。第一為一九四五年至一九四八年的接觸時期；第二為一九四九至一九七○年的播種時期；第三為一九七一至一九七六年的萌芽時期；第四為一九七七年迄今的覺醒時期（趙天儀，《兒童詩初探》，頁19）。自一九七一年十月，《笠》詩刊第四十五其開闢「兒童詩園」後，到一九七七年四月由林鍾隆先生的《月光光》兒童詩刊創刊以前，可以說是兒童詩的成長時期（同上，頁25）。這個階段中，兒童詩歌創作的園地不斷地擴大、茁壯；而自一九七七年林鍾隆老師創刊《月光光》迄今，兒童詩由成長期進入覺

醒期。此時期兒童詩歌的發展分為兩方面同時進行：一方面紛紛繼續
創辦兒童詩刊，開拓兒童詩歌的園地，發展兒童詩歌的欣賞、評論與
編選工作；一方面則從事兒童詩歌教學的改進，企圖建立兒童詩歌的
理論，並加強跟兒歌、童謠、音樂集會話的結合（同上，頁29）。截
至目前為止，我們可以這麼說：由於兒童詩歌運動本身不斷地發展與
推廣，它已經有了自己耕耘的園地，建立起兒童詩壇的地位，有了發
展的根據地，從附屬於其他報章雜誌的從屬地位跳脫開來，擁有自己
的一席之地了。

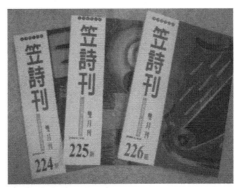

詩的創作泉源來自於每個人心中最真實的情感，所以，人人皆有成為詩人的可能──尤其是孩童。因此，對兒童進行詩歌教學是可行、可能也是必要的，越早將心中所蘊藏的真、善、美引發出來，便越早能讓他體會其心中的有情世界，這是身為教師責無旁貸的責任與義務，只不過在進行這項大工程前，身為詩歌教學者，不能不先對詩歌本身有所了解與充實。

我國作文教學向來強調垂直式的理性思考方式，著重於分析、推論、說理及判斷的左腦思考訓練；而詩歌教學的思考及表達，卻是強調水平式的感性思考方式，著重於直覺、想像及洞察力的培養。詩歌教學雖有異於作文教學，然詩歌教學為作文教學中之一環，它強調感性思考方式，為人人皆具備之天賦，因此，其在作文教學上最大的貢獻便在於打破對作文學習的恐懼，讓學童能將心中各種情感的變化，透過表達能力的訓練與培養，藉著文字抒發於外。所以，若能經由詩歌教化而培養學童一顆真誠的心並能將其感受呈現於紙扉之上，於作文能力的培養具相輔相成的效果。（見2015年2月《語文教學通訊》總期數825，頁10-16。）

三　作文教學課例

所謂作文教學課例，在個人進修兒童文學研究所之後，即將兒童文學與寫作教學結合，也在林文寶教授的鼓勵和指導下將過去的教學資料和經驗作系統性整理。因此，在教學課程設計和規畫上，主要是採用閱讀引導寫作的方式進行設計，規畫上區分為基礎班（適合小學三、四年級）與進階班（適合小學五、六年級），以閱讀作為取材的輸入，以寫作當作意念表達的輸出。

基礎班著重於生活的接觸和觀察，從身邊的事物為起點再進入抽

象的閱讀理解。因此在寫作取材上偏重具體感官的感受和生活經驗的體會，篇章結構上給予明確的引導和方向。另外，在詞語的運用上由淺入深，由具象到抽象慢慢增加。

進階班著重於文章的閱讀取材，然而取材的範圍並不限於散文的閱讀，舉凡唐詩、宋詞、元曲、童話、小說等等皆可以是引導寫作的材料，但須考慮兒童能閱讀理解為原則。另外，適時加入思考性的問題有助於增加閱讀的樂趣與寫作的動力，至於聯想與連結的引導有助於閱讀寫作想像力的發揮。關於閱讀基本上屬於抽象的認知，必須經過一番理解和消化才能轉化成身邊的事物，最後才能應用在個人的寫作上。

就基礎班的寫作以具象的觀察和描寫為主，進階班則慢慢進入抽象的思考和情感的表達，由於閱讀和寫作必須讀者和創作者自願的參與和投入。因此，一堂閱讀與寫作的課程，如果能如遊戲般的設計和規畫，那麼對於兒童的學習成效想必大有助益。

（一）基礎班的寫作教學

基礎班的寫作教學課例，基本上其步驟如下：

（一）取材演練
（二）寫作演練
（三）教學方式
（四）學習創作成果（含評語）
（五）教學成果檢討

之所以如此規劃，乃在於兒童在寫作上往往思路困窘不知如何下筆，為了幫助兒童解決巧婦難為無米之炊的困境，課程設計上一開始

就進行取材演練，讓兒童學習材料的擷取，從給予關鍵字詞的建立，緊接著進行與主題相關材料的聯想，以及從文章的閱讀中取得材料，並配合相關成語的連結和適當的修辭運用。為了避免材料的雜亂無章，因此取得相關寫作材料後，再將寫作的材料引導分配到各個段落當中，達成篇章結構的完成。至於第二部分寫作演練，大部分的寫作題目採取引導式命題，除了題目本身之外，還會有一段說明的提示，有助於寫作者對題目方向的掌握。第三部分關於教學方式的敘述，擺脫了傳統的教案格式，取而代之的是散文的書寫，運用說故事的方式說明課程的教學方式和學生的互動模式，同時也在故事中闡釋課程設計用意以及預設的教學目標。第四部分的學習創作成果和評語，因篇幅受限只能舉幾篇學生創作的文章為例，除了呈現預設的教學成果，也提供了教學過程的改進與檢討資料，關於評語上主要針對學習狀況給予評論，並採鼓勵的方式給予建言。最後的教學成果檢討，主要是個人在教學中的檢討，包括課前的準備，課堂的操作，課後的批改以及整個教學的個人檢討與反省。

甲、教學課程範例一：描寫演練——季節

（一）取材演練

季　節	春　天	夏　天	秋　天	冬　天
1. 氣候：	溫暖	炎熱	涼爽	寒冷
2. 花朵：	蘭花	荷花	菊花	梅花
3. 農夫工作：	耕（播種）	耘（鋤草）	收（收成）	藏（儲存）
4. 心情：	喜悅	煩躁	憂愁	沉悶
5. 成語：	春暖花開	炎陽高照	秋高氣爽	冰天雪地
6. 活動：	郊遊	游泳	賞楓	划雪
7. 景色：	綠意盎然	欣欣向榮	一片枯黃	到處荒涼

（二）寫作演練：描寫四季

請參考以上的取材，運用組織與聯想相關材料，描寫出四季的氣候、景色活動、心情、聯想等，完成一篇文章。

（三）教學方式：取材運用

昨夜為了備課，特別再翻一翻張嘉真和楊廣學共同著作的《作文教學與敘事治療》，書中在情境營造治療思考力中所寫的一段文章內容講的正是取材，書中提到：「成人與兒童在作文上最大的差異則在於構思開始，兒童對現實印象的分類儲存工作無法有效建檔，擴大聯想產生移情以後，也無法將情感在時間與空間做不同的轉移，使思想情感呈現一種澄明的狀態。兒童所『看』所『聽』只有形象中的某一特徵，對於知覺與意象運動，非以整體的視角作建構，作文卻是需要一個一個的意象鋪排而成，零散沒有組織的概念，對廣大的宇宙世界

縱然能如成人移情、想像、擴大聯想，但不能自動性的與自己的知、情、理、意結合，經驗仍無法使他拼寫完整成一個面，這也是兒童不易對寫作感到有意義，而容易分心的原因。

如果過於偏重外界資訊的接收，忽略訊息輸出時的『情』和『意』組織及與境界開拓，寫作敘事將『無情無意』，寫作內容空乏、情感乏味，這是對兒童創作文學的蹧蹋，摧毀兒童與身俱有的豐富想像力和創造力。作文教學要製造和創設一個與題目或教學目標相適應的場景氛圍，一方面引發敘事的情感體驗，一方面促使迅速理解教學內容，對主題材料需求展開構思，重要的是提供寫作材料來源，幫助學生尋求寫作思考的方向，使寫作敘事時有所依靠，能將脫韁的心境從八千里路外向主題核心靠攏，避免巧婦難為無米飯之炊，無話可說，無事可敘，東拉西扯，湊字數交差了事。」

這段文章正說明出寫作取材的重要與現在兒童寫作取材的困境問題，以及引導寫作的老師如何協助兒童取材。

情境的營造與描寫，從周遭環境和四季的變化來著筆會比較容易，因此今天的寫作取材教學以四季作為教學的課程設計，一開始上課先從四季的相關材料開始分析，如四季的氣候變化，盛開的花朵，農夫的工作，心情的感受，相關成語，適合活動，景色變化一一解說，採取橫向的說明，便於區別每一個季節的差異性。在一番講解和情境營造後，請同學們大膽的運用課程所引導的七項取材資料與方向，試著採取直向的組合，描寫成一篇具有四季的文章，每一個季節約寫一百二十字。

別急著完成一篇文章，畢竟小朋友的組織力和統合力不比大人，於是進行的步驟務必放慢，採用一季一季描寫的方式分工完成一年的四季。

（四）學習創作成果

描寫四季　　　　　　三年級　胡道亞

　　在春天的時候，大家都只看到了蘭花的美，老師帶我們去陽明山賞花，有許多盛開的櫻花，有紅色、白色、粉紅色的櫻花，我們還坐車去看海芋，而且還有去咖啡廳喝下午茶，喝完以後才搭巴士車回去，我們在車上高興的唱著歌，大家也開心地大笑：「因為他們三個人都在唱搞笑歌。」

　　在夏天的時候，爸爸帶我們去游泳，烤肉，吃冰淇淋，所以我們會說夏天很涼一點也不熱，大家也會說：「我們是心涼，身體也就涼。」

　　秋天的時候，爸爸帶我去賞菊花，我看到了許許多多的菊花，我突然間看見一片楓葉從天空飄落了下來，看得我的心裡很難過，這一片葉子，它離開了它的家，不知要流浪到哪裡去？我低頭一想，我很幸福要和爸爸一起回家。回家的路上我看到白白的霧飄過來，車窗的玻璃外到處一片霧茫茫，有點浪漫也有點淒涼。

　　冬天一到，我看到了外面有積雪，我就會忍不住想衝出去滑雪，滑雪完之後，最想回家吃 熱騰騰的火鍋和泡個暖呼呼的熱水澡。我們全家人都喜歡冬天去滑雪溜冰和堆雪人，冬天的雪白的景色很美。

　　我喜歡一年四季有不同景色和心情的變化。

評語：掌握了景色和心情部分的描寫，春秋兩季將代表性的花寫入文
　　　章中，建議夏冬兩季也將花朵寫進文章裡。另外，就段落的安
　　　排上，第二段夏天的比例偏短，結尾也過於簡短。

描寫四季　　　　　三年級　張智凱

　　我很喜歡春天，春天時老師都會帶我們去陽明山，我走著走著，老師說：「等一下肚子餓的時候，可以去買東西，要去上廁所的時候，可以跟老師講。」有一次老師帶我們走路的時候，不小心走錯路，所以我們又轉頭去玩，我說我有帶電動可不可以坐下來玩，老師說：「不要坐下來休息，我們繼續往前走。」

　　夏天，我常常去游泳，在樹下看書，和吹涼風，也可以在房間看電視，吹冷氣，有時候我受不了。我就直接去海邊跳水和衝浪，有時候太陽出來了，會把我們曬成肉乾，夏天我們可以吹電風扇來涼快一下。

　　我一起床，就聽到「噓～噓～」的聲音，我一打開窗戶，就有一陣陣的風吹過來，我穿上外衣，我看到農夫辛辛苦苦的在收割，然後，我又去別的地方看看，我要回家的時候，我看到一片片的葉子飄落，突然，又來一陣「九降風」吹過來，然後，我就一直哈啾，我趕快跑回家，我回到家的時候，就被媽媽罵：「你知不知道秋老虎來了！」。

　　冬天的時候，我常常去滑雪，我覺得冰天雪地很好玩，我在冬天一邊吃火鍋又一邊吃冰和吹冷氣。我出門時會記得穿外套，我看到許多動物在冬眠，我在最冷的冬天也想要睡覺，我看到許多的梅花開花了，我也看到很多的地方很荒涼，我還聞到冬天快過去，春天要來的氣息。

評語：第一段和第三段加入對話，讓春秋兩季具有親近感，但第一段
　　　的對話與春天的關係性低，若是話題與春天有關會更好。至於
　　　冬天常常去滑雪，建議再細說緣由，讓讀者更明白時空關係，
　　　才不至於流於想像的遊戲。

描寫四季　　　　　　四年級　詹子儀

　　我喜歡春天，因為春天的天氣很溫暖，還可以看到我最喜歡的蘭花、杜鵑花……，有時候，我會看到有些農夫都在耕種，讓我的心情很喜悅，爸爸、媽媽帶我出去郊遊時，我有看到許多的蝴蝶、小鳥、蜜蜂……都在飛舞呢！讓我覺得很高興！

　　在夏天時，大家都在吃著涼涼的冰淇淋，一邊吹著冷氣，真是涼極了！有些人都會去海邊玩水，但是有時候會被太陽曬黑了，有時候晚上睡覺時，我都還要吹電風扇，還會踢被子呢！夏天的池塘裡有美麗的荷花，放假時，大家都會跑去池裡游泳，夏天是個炎陽高照的天氣啊！

　　秋天的氣候非常涼爽，我會看到各種顏色的菊花，我還會看到農夫都辛辛苦苦的在收割，在中秋節時，我們全家人一邊吃烤肉，一邊剝柚子，還一邊賞月呢！有時我跟爸爸、媽媽一起出去玩時，我看到樹上的葉子都是一片枯黃，還會看到一片一片的葉子慢慢的飄落下來。

　　冬天的氣候非常的寒冷，所以我會窩在棉被裡頭，都不敢出門，姑姑有時會煮火鍋給我吃，這樣才會覺得很溫暖，冬天的時候，很多人都會滑雪或是堆雪，我不喜歡冬天，因為冬天的天氣很冷，都只能窩在家裡，都不能出去玩！

評語：分別以天氣和活動架構出每個季節的特色和不同點，讓段落和四季分明，另外，明確指出喜春厭冬的感受，勇於表現個人感覺。

描寫四季　　　　　　　　**四年級　簡憶萱**

　　我很喜歡春天，因為春天的花都開得很漂亮，有蘭花、櫻花、玫瑰花、杜鵑花，這些五顏六色的花朵有粉紅色、白色、黃色、紅色，由於十分常常下雨，因而不容易看到那麼漂亮的花，春天的時候窗外會有蝴蝶 蜻蜓 小鳥，天空也會很漂亮，因為天空藍藍的，不會像冬天都是灰暗陰雨。

　　我最喜歡夏天，因為夏天的時候可以吃冰、吹冷氣、吹電風扇還有在樹底下吹涼風，夏天都是好天氣，天天都可以出去玩，所以我最喜歡夏天，可是太陽直射車子，如果有人要開車的話椅子會很燙，就會把屁股燒焦喔，希望夏天是一個很完美的夏天，有好天氣但不會熱。

　　我最喜歡秋天，因為秋天的時候會覺得很涼快，秋天的時候花園裡會有菊花，而且開得很漂亮，秋天的時侯農夫因收成而笑哈哈，中秋節的時候可以跟家人一起烤肉，一起看圓圓的月亮，還會很熱鬧，我覺得秋天真的美麗又好玩。

　　我最不喜歡冬天，因為天氣冷，我都不想起床，幸好冬天的時候可以吃熱騰騰的火鍋，尤其是很冷的時候要穿外套，運動的時候又很熱又要脫外套，要穿又要脫外套，真的好煩人，這就是我討厭冬天的原因，如果冬天來的話，我都很不高興，不喜歡玩穿脫外套的遊戲。

評語：以個人喜惡為出發點，分別描寫出對四季的不同景色與感受。
　　　　春秋兩季描寫代表性的花朵，何不夏冬也將花朵寫入文章中。

（五）教學成果檢討

　　如果寫作像玩遊戲，那麼學習寫作的同學一定會很喜歡，許多初學者對於寫作取材感到最困擾，因為看了寫作題目後，腦子卻還是一

片空白，即便想用心構思寫作材料，也不見得找到了方向，因此對於初學者給予適當的取材引導，除了引導寫作方向外，也解決了巧婦難為無米之炊的窘境。

對於本次課程，發現描寫的練習題目以身邊熟識的事物為起源，同學在材料發現和感受上會比較容易進入主題，接著將與四季有關的重要元素一一寫出。基本上，同學容易地將各個季節的相關材料組合起來，因為他們覺得段落的完成像是在玩語詞的「積木遊戲」，把已經出現的相關材料，加上一些連接詞或自己聯想到的詞，可以隨心所欲的組合，雖然完成了句子和段落受限於引導的方向和用詞取向，但學生基本上可以解決不知所云的難以下筆問題，另外，對於寫作也不必心生畏懼，因為他們發現寫作只不過是一種文字遊戲而已。

在同學的創作中，會發現從四季不同的氣候變化會比較容易下筆，臺灣四季分明對氣候的感受較為明顯，寫作上容易區分出四季的不同點，並從中寫出四季的特色。另外，同學會提出個人對季節的喜好看法，接著將喜好的活動等等寫在文章裡，對於寫作題目先引導出寫作材料，再給同學發揮組織材料的能力，完成一篇文章就變得很簡單。

學生的寫作是容易受到取材因素的影響，幾篇同學的文章例子中不難發現，同學在創作中會將玩雪、滑雪、堆雪人寫在他的冬季活動中，表面看起來沒有不合理，仔細一想便發現那是同學的想像多於現實的描寫，畢竟臺灣平地要下雪並不常見，可見要讓同學的寫作空間穿越現實時空的聯想也不是那麼困難。

乙、教學課程範例二：描寫演練——家

（一）取材演練

題目：家

題意：＿＿＿＿＿＿＿＿＿＿＿＿＿＿＿＿＿＿＿＿＿＿＿＿

構思取材：

一、家中成員介紹（人物、工作、興趣）

1. ＿＿＿＿＿＿＿＿＿＿＿＿＿＿＿＿＿＿＿＿＿＿＿＿

2. ＿＿＿＿＿＿＿＿＿＿＿＿＿＿＿＿＿＿＿＿＿＿＿＿

3. ＿＿＿＿＿＿＿＿＿＿＿＿＿＿＿＿＿＿＿＿＿＿＿＿

4. ＿＿＿＿＿＿＿＿＿＿＿＿＿＿＿＿＿＿＿＿＿＿＿＿

5. ＿＿＿＿＿＿＿＿＿＿＿＿＿＿＿＿＿＿＿＿＿＿＿＿

二、全家的活動

1. ＿＿＿＿＿＿＿＿＿＿＿＿＿＿＿＿＿＿＿＿＿＿＿＿

2. ＿＿＿＿＿＿＿＿＿＿＿＿＿＿＿＿＿＿＿＿＿＿＿＿

三、全家快樂的事

1. ＿＿＿＿＿＿＿＿＿＿＿＿＿＿＿＿＿＿＿＿＿＿＿＿

2. ＿＿＿＿＿＿＿＿＿＿＿＿＿＿＿＿＿＿＿＿＿＿＿＿

四、全家人的願望

1. ＿＿＿＿＿＿＿＿＿＿＿＿＿＿＿＿＿＿＿＿＿＿＿＿

2. ＿＿＿＿＿＿＿＿＿＿＿＿＿＿＿＿＿＿＿＿＿＿＿＿

（二）寫作演練：家

　　請從「家」這個題目，將家裡的成員、家人常做的事與全家人的願望描述出來。

（三）教學方式：經驗取材

　　「家」，每個人都有家？在中文字「家」代表情感凝聚的「家庭」，也代表庇護生命財產的「房子」，這樣看似簡單卻又曖昧的題目究竟要小朋友表達什麼呢？這時解題就顯得很重要，請不要用大人的眼光看題目，用小朋友的角度看題目即可，「家」這個題目出現在小朋友的眼前，題意是要小朋友介紹一下家的成員和家人情感的互動關係，若以介紹「房子」下筆就顯得與身分格格不入。

　　題意說明完後，接著要請同學將家中的成員介紹出來，但在動筆前我告訴同學請按照家中的長幼順序依序介紹，即使有弟妹年紀比自己小，為表示作者的謙卑還是請同學將自己放在全家人的最後再介紹，除此之外若家中有養寵物，而且也將「牠」視為家中的一員，當然這個時候也可以將「牠」納入文章中，請同學依序介紹家中成員包括他們的工作、興趣……並用二十字寫成一段句子。

　　接著再請同學以同樣的二十字的句子來寫出兩項家人的活動，不管是全家一起吃飯、看電視、聊天、打球、旅行等等都可以，當然句中須再添加一些原因理由等等。緊接著也用一樣的方式二十字左右為句子寫全家快樂的事兩件，全家在一起吃晚餐是快樂的、全家一起去度假是快樂的，甚至全家一起到附近的小公園散步是快樂的，只要同學們覺得快樂的都可以寫。最後請同學寫出全家人的兩個願望，全家人希望中大獎可以，全家人的願望是買新車、買大房子也行，即使有人的願望是全家人平平安安永遠生活在一起也很好……既然是寫自己

的家，理論上每個同學都比老師清楚，也藉這個機會請同學不要吝嗇大方介紹一下自己的「家」。

當小朋友都完成句子後，請小朋友將剛剛所寫的句子排組合成一篇文章，鼓勵小朋友大膽的下筆，先將文章的量完成，只要達到一定的字數量，內容能表達自己的想法，對剛學習寫作小朋友都是值得鼓勵的，至於句子不太通順，段落不清，表達語意不詳，或錯別字過多等等，那都只是日後引導寫作的方向和修正的依據而已，畢竟寫一篇好文章也非一朝一夕可完成，經驗告訴我們必須切記「欲速則不達」，寫作的功夫是日積月累鍛鍊來的。

（四）學習創作成果

家　　　　　　　　　　四年級　胡雅萱

我的奶奶年紀已經很大了，奶奶走路很不方便，頭髮也已經白了，她喜歡看電視。我的哥哥每天都要去上班，而且有時候還要加班到很晚，他喜歡買魚和養魚，所以家裡有許多魚，我的姐姐頭髮長長的，她的工作是賣天燈，她的興趣是出去玩。

我妹妹的工作是上學讀書，只是她常常回到家就被罵，她很喜歡做天燈，只要說要做天燈她就開心。我在家的工作是照顧妹妹，我的興趣也是做天燈，另外我也喜歡跑步。

我們全家人常做的活動是全家一起吃飯聊天，一起坐在客廳看電視，還有一起到戶外散步，暑假的時候我們全家一起去旅行和逛夜市，這些都是我們全家快樂的事，我生日的時候爸媽也買了很多的衣服和綁頭髮的飾品給我和妹妹，那天我們也都很快樂。

我們全家的願望是希望全家人身體都能健健康康，我們小孩能平平安安長大和學業進步，我們還希望全家人再一次去旅行，更希望我們全家人每天都快快樂樂生活在一起。

評語：參考寫作引導分段寫作，但一、二段就家庭成員的分配上少了
　　　爸爸和媽媽的介紹，三、四段務實描寫出家的快樂和幸福。

家　　　　　　　　四年級　陳詩韻

　　我的家裡面有爺爺、奶奶、叔叔，我的爺爺長得很高，頭髮有點
白白的，爺爺現在沒有工作，因為，爺爺年紀已經大了，爺爺的興趣
是跟奶奶聊天，我的奶奶長得並不高，頭髮黑黑的，因為奶奶有染頭
髮，奶奶也沒工作，因為奶奶也是年紀大了，奶奶的興趣是跟爺爺
聊天。

　　我的叔叔很胖，力氣也很強壯，而且常常幫奶奶拿東西，叔叔他
有時候有工作，有時候沒工作，叔叔的興趣是出去散步，但是叔叔出
去散步會很晚才回來，我是我們家唯一學鋼琴的小孩，而且也是功課
最好、獎狀最多的小孩，我只是個小孩不能工作賺錢，我的興趣是彈
鋼琴，因為我喜歡鋼琴的美妙琴聲。

　　大家一定很好奇，為什麼我的爸爸和媽媽沒有跟我住在一起，那
是因為他們必須在大陸工作賺錢，我住在臺灣當然也會很想念他們，
所以我最期待爸爸和媽媽放假的時候回來看我。

　　我一直以來最大的願望是全家人健健康康、平平安安，也希望我
和我妹妹學業進步。

評語：一、二段很有趣的介紹出家庭成員，語氣中帶有俏皮味，三、
　　　四段明顯內容短少許多，給人一種後繼無力之感，建議增加
　　　內容。

（五）教學成果檢討

　　家是每個人成長的背景和環境，寫作者對於家也最孰悉不過，不管是環境還是人物都是容易掌握的，學生在寫作上基本會根據上課的引導，從家中人物開始取材，再依據人物的特徵和不同點進行描述，接著進行全家的相關事件發展，雖然這個題目與寫作者息息相關，但寫作的學生如果不能從家中人物找出值得寫出的特點，便會流於無趣和平凡，但也不建議為了標新立異而捏造不實事件。對於「家」這個主題的設定，宛如是一個簡單的自我介紹，也像是一個靜態的家庭訪問。另外，對於所敘述的人物最好能與作者有互動關係，以及所寫的內容儘量往溫馨與祥和的方向下筆。

　　寫作是一種對現實生活不滿的發洩，也是一種自我願望的達成，對於不和諧與不幸福的家庭，在寫作上須多花一些時間關懷和引導寫出，同時在批改作文時也須多下點功夫注意學生的身心狀態，並且適時給予輔導和協助，透過寫作讓學生找到一個情感疏通的管道，透過批改也讓教師更了解學生，在寫作的文章中無形的建立一個師生情感交流的平臺。

丙、教學課程範例：文章欣賞

（一）取材演練

書包

　　這個書包已經用了三年，記得一年級時媽媽幫我買的，那時我們選了好久，考慮了好多，最後選了一個後背式的書包，上面印有美麗的卡通圖案，圖案正是我的最愛——哆啦A夢。

　　從上學的第一天開始，只要有上學的日子我就會背著它，我將書本、鉛筆盒、衛生紙、還有玩具通通塞在書包裡，不管晴天、陰天、雨天它總是跟著我上下學，它是我最忠實的書僮。不管我在它身上放什麼東西，它也從不抱怨，有一次放飲料結果漏得整個書包都是，還有一次糖果放太久了，黏得整個書包亂七八糟。

　　晴天時我背著書包遮住背後的太陽，雨天時我將書包頂在頭上避雨，風太大了，我把書包抱在胸前擋風。記得有一次考試一百分，我興高采烈從學校跑回家，結果路太滑害得我摔得四腳朝天，那時幸好有書包墊背，否則後果不堪設想。

　　有時覺得書包很辛苦也很可憐，我的年紀愈增加，它的負擔就愈沉重，每個上學的日子，它總要為我裝重重的書，遇到讀整天的課，還要裝進一個大便當，偶爾還要為我藏漫畫和玩具。書包對我而言，它不只是一個裝書的工具，它已經成了我最好的朋友，縱使它顏色褪了，圖案不清楚了，甚至還有破洞，但我依然喜歡它。

問題一：請寫下你最喜歡文章中的哪些句子。

_____

_____

（二）寫作演練：閱讀「書包」一文心得

　　請從閱讀「書包」一文中找尋寫作材料，並將自己的閱讀心得寫下來。

（三）教學方式：品物與抒情

　　對於初學寫作的小朋友而言，題目設定不要太生澀，最好能從身邊且具體的題目開始，寫物品對初學的小朋友來說，常常不知要寫什麼，一來是小朋友對物品的認知有限，二來是小朋友不知如何將情感投入在物品上，一般物品的文章寫作不外從物品本身的材質、外觀，功能等下筆描寫，接著再從物與我的關係敘述，物本身雖然沒有生命，但寫作者可以將它轉化成「他」或「她」甚至「牠」，那麼物也就有了生命、有了情感，在小朋友的童年世界裡萬物皆有生命、有情感，一但掌握物品的要點後，要寫「物」的文章自然容易下筆。

　　今天上課寫作的題目是「書包」，首先給同學五分鐘時間先將文章閱讀一遍，接著逐句介紹文章，並從中討論書包的取得、外觀、功用以及將心比心的將物的位階提升到人的位置，書包雖是「物」，但因為作者給了書包生命，既然有了生命，那麼他也就會有情感的存在，像人一樣有感覺，最後再說明作者如何將書包視為好朋友。

　　學習寫作懂得找出文章中喜歡的句子是重要的，在找句子的過程本身即是一種樂趣，因為發現了知識，同時也找到讀者與作者間的共鳴點，學習寫作與學習閱讀之間不但息息相關而且相輔相成，因此在閱讀完文章後請同學找出最喜歡文章中的哪些句子，並且唸出與大家分享，這時會發現每個人喜歡的句子不盡相同，這便是不同的視角產生不同的觀點，不同的認知背景產生不同的反應，閱讀是欣賞和分析別人的文章，寫作最重要的是要表達自己的意念，對初學寫作的小朋友來說，寫作取材往往是最大問題，不妨採用集思廣益的方法構思，

請每位小朋友說出自己對書包的認知，從記得的歷史說起，介紹一下自己書包的樣式，講講自己和書包的故事，再回到文章中討論閱讀心得的寫法。

為避免初學者在取材構思上的混亂，以及一次完成一整篇文章的恐懼，今天的寫作採分段逐步方式進行，一來思維容易集中，二來分段組織較無壓力，但必須提醒前後段的關聯性，另外引導初學者寫作時常會遇到初學者的信心不足，不敢自己大膽下筆，也擔心自己的文章符不符合要求，因此要給予初學者無限的信心，在建立信心的當下也須去除依賴心，同時養成獨立思考的寫作能力。

另外，今天的寫作還提供分段參考，第一段寫閱讀情境，怎會閱讀這一篇文章（60字），第二段介紹閱讀內容，將內容大意寫出來（約120字），第三段寫回想起自己書包（約120字），第四段寫閱讀所得和感想，從閱讀中獲得的新知以及自己的感受與想法，甚至從書包一文獲得的啟發與聯想（約60字）。

（四）學習創作成果

閱讀「書包」一文心得　　　四年級　陳詩韻

一大早晴空萬里，我的心情也很開朗，第三節上課我到視聽教室上作文，老師先讓我們閱讀一篇文章，題目是「書包」，讀完文章要我們寫作文。

書包這篇文章的大意是作者的媽媽幫作者買了一個後背式的書包，作者把許多東西都放在書包裡，還把不是學用品也裝進書包裡，書包在作者遭遇到危險時幫他解危，作者覺得書包很辛苦也很可憐，因為書包要時常幫他背重重的書，有時還要幫作者藏東西，作者說雖然書包已經很破舊了，但是他還是喜歡他的書包。

讀了這一篇文章，也讓我想起了我自己的書包，記得三年級的時候，我一年級買的書包壞了，奶奶特地帶我到瑞芳街上買了一個粉紅色的漂亮書包，我也常常在書包裡裝了很多很多的課本，我背起來很重，我想書包也背了很重，有時書包也會幫我擋風遮雨，看來它也不輕鬆。

我讀了這篇文章後，覺得我要愛護並且珍惜我的書包，我希望把它背到國中畢業，即使學校畢業了我還要將它保存起來。

評語：開頭加入情境式的描寫，營造出一個開朗的閱讀心情，第二段
　　　介紹出閱讀文章的大意，第三段寫反思自己的書包，結尾在愛
　　　物惜物的情感上，達到詠物的效果。

閱讀「書包」一文心得　　四年級　詹子儀

作文課的時候，我們要寫作文，閱讀的文章是書包，寫作題目是「閱讀書包一文心得」，寫著寫著我也想起我的書包，裝了好多的書，想起來它還真辛苦啊！

文章中作者記得一年級時，媽媽幫他買了書包，書包上面印有他最喜歡的哆啦A夢圖案，那是一個後背式的書包，他將書本、鉛筆盒、衛生紙通通塞到書包裡，有一次他把飲料放進書包裡，結果漏得整個都是，還有一次把糖果放書包裡，結果糖果放太久了，黏得書包全都亂七八糟，但他覺得雖然書包已經破舊了，但是它還是這位作者的好朋友。

讀完這篇文章後，我想起我的書包，我的書包裝滿了許多的東西，有時候我會裝飾我的書包，讓它美美的，有時候我會欺負我的書包，把它往地上一扔，還有時候我會把垃圾丟進我的書包，結果書包

都會黏黏的、臭臭的，回想起來我的書包真可憐。

　　對我來說，書包不只是裝書的工具，它已經成了我的好朋友，我會和作者一樣，雖然它已經破舊了、顏色也褪了，我還是會好好的珍惜它。

評語：從物的類比到物的轉化，想起自己的書包，也給自己的書包生命。將物擬人使得文章的書寫更有活力和情感。

閱讀「書包」一文心得　　　　三年級　章師翰

　　今天是晴天，我背著我的書包去上學。到了學校我放下書包去打球，直到第三節課我才去視聽教室上作文課，一打開課本我就看到「書包」這篇文章，我看了文章也想起了我的書包。

　　文章中說，書包是作者媽媽買的，當時作者考慮了很久，終於選了哆啦A夢圖案的書包，他在上學時候，書包裡放了書本、鉛筆盒、衛生紙和玩具，有一次他把糖果放太久了，結果用得書包髒兮兮，還有一次裝飲料流得到處都是。作者說不管是什麼天，他都快快樂樂背著書包上下學，他還說書包對他而言，書包是他的好朋友，不管破掉或者怎麼樣了，他都會喜歡它。

　　我自己也有一個綠色的書包，我的書包是媽媽買給我的，而我是從二年級時開始用的，我在我的書包裡裝了鉛筆盒、功課和書本。不管什麼樣的天氣，我都會背著我的書包快快樂樂的上下學，書包對我而言，它是我最好的朋友。

　　作者對書包很好，不管顏色褪了，圖案不清楚，甚至有破洞，都很喜歡它，我也跟這篇文章的作者一樣愛護我的書包。

評語：從閱讀到寫作，從他人的書包到自己的書包，中間的關係連結
　　　密切。結尾可針對自己將如何愛惜書包的部分再詳述。

（五）教學成果檢討

　　因為有文章的閱讀當作寫作的引導，再加上分段的說明，對於寫
作的學生而言，寫作一點也不天馬行空、虛幻不實，雖然這樣的方式
容易讓學生有所依據的寫完一篇文章，但也由於過於詳盡的分段方式
和字數建議，學生容易流於公式化，即便這篇的分段方式採用黃金比
例的方式進行，不免還是流於一言堂，因此在教學上務必給學生一個
分段參考的概念，並非每一篇文章都是如此的分段，要學生千萬別墨
守成規，不知變通，畢竟文無定法，寫作方法可千變萬化，可憑自己
的創意開拓新視野，但在還在練習寫作的階段，不妨多多嘗試各種寫
作方法和技巧。

　　寫作演練課程，由於採分段的方式進行，因此在寫作上學生一來
容易集中精神在段落上，二來分段寫作減少了整篇完成的壓力，採取
逐段寫作的方式有助學生的寫作構思與分段練習。就集體寫作的操作
上，可以讓程度好的同學嚴密構思，加強詞句修飾，就程度較落後的
同學也能激勵在一定的時間內完成文章。

丁、教學課程範例：完成一篇文章

（一）取材演練

題目：上學途中

題意：＿＿＿＿＿＿＿＿＿＿＿＿＿＿＿＿＿＿＿＿＿＿＿

構思：1. ＿＿＿＿＿＿＿＿＿＿＿＿＿＿＿＿＿＿＿＿＿

　　　 2. ＿＿＿＿＿＿＿＿＿＿＿＿＿＿＿＿＿＿＿＿＿

　　　 3. ＿＿＿＿＿＿＿＿＿＿＿＿＿＿＿＿＿＿＿＿＿

　　　 4. ＿＿＿＿＿＿＿＿＿＿＿＿＿＿＿＿＿＿＿＿＿

　　　 5. ＿＿＿＿＿＿＿＿＿＿＿＿＿＿＿＿＿＿＿＿＿

　　　 6. ＿＿＿＿＿＿＿＿＿＿＿＿＿＿＿＿＿＿＿＿＿

　　　 7. ＿＿＿＿＿＿＿＿＿＿＿＿＿＿＿＿＿＿＿＿＿

分段：

　　　 第一段：上學途中的景色

　　　 第二段：上學途中的活動

　　　 第三段：上學途中的心情

　　　 第四段：上學途中的聯想

參考成語：陽光普照　　山明水秀　　精神抖擻　　香味撲鼻

　　　　　三五成群　　興高采烈　　依依不捨　　心甘情願

（二）寫作演練：上學途中

　　在每個上學的日子裡，我們背著書包往學校的路上走去，在上學的途中，請將你在上學的途中看到的景色與上學的心情寫下來。

（三）教學方式：觀察取材

　　觀察是寫作必須具備的要件，日常生活的觀察尤其重要，教導寫作首先引導觀察，觀察可以透過我們與生俱來的眼睛的視覺去看，耳朵的聽覺去聽，鼻子的嗅覺去聞，舌頭的味覺去嚐，身體觸覺去接觸，運用五感去觀察取材，也就是寫作最基本的技巧——摹寫，除了將五感的感受描寫成文字外，還有心靈的感受也很重要，有學者稱為「心覺」，畢竟沒有心的感覺，其他的感覺也就失去了生命。

　　今天的課程是完成一篇文章，題目是「上學途中」，這個題目是每個小朋友都有的經驗，在題意裡向小朋友說明，上學途中就是早上離開家門到學校途中所看到、聽到、聞到、嚐到、摸到、想到的通通是寫作的範圍和材料。在構思的部分給每個小朋友五分鐘時間寫一種約二十字的構思，每一個構思先說明再描寫，依序進行，動作快的可以試著加入成語構思。

　　第一個構思寫視覺摹寫，請每一個小朋友將上學途中所看到的人、事、物或天氣描寫下來。第二個構思寫聽覺摹寫，請每一個小朋友將上學途中所聽到的各種聲音描寫下來，包括人、火車、小鳥、小狗等等。第三個構思寫嗅覺摹寫，請每一個小朋友將上學途中所聞到的各種味道描寫下來，早餐味、花香、空氣的清新味等等。第四個構思寫味覺摹寫，請每一個小朋友將上學途中所嚐到的味道描寫下來，可以是美味可口的早餐，也可以是清涼又甜的口香糖等等。第五個構思寫觸覺摹寫，請每一個小朋友將上學途中所接觸到的描寫下來，不管是陽光的熱、風的清涼還是不平的馬路等都可以。第六個構思寫上學途中的心情，好心情、壞心情都可以，如果能說明原因會更好。第七個構思寫聯想，走在上學的途中不管是五感所感覺的聯想或心情因素造成的聯想都可以，如看見路上的小狗會想起什麼？看見天空飛過的小鳥會想起什麼？

　　構思完成後，進行分段說明，採用「景色、活動、心情、聯想」的分段方式，對小朋友而言既簡單又不會偏重在某一部分，而且「靜（景）、動（活動）、內（心情）、外（聯想）」皆能兼顧，同時對初學者來說，這樣的分段法可以廣泛運用在許多的題目上，如夏天，鄉村一遊，阿里山看日出，逛街，黃昏時刻等等都可以套用這種分段方式。

　　最後再向小朋友說明參考的成語，包括成語的意思和用法，同時也可以將成語造句向小朋友說明句子的構思方向。打鐵要趁熱，當小朋友構思完成，知道分段方式和成語用法，那麼就請小朋友開始動筆「完成一篇文章」。

（四）學習創作成果

上學途中　　　　　　四年級　張志豪

　　一大清早我精神抖擻的從家裡出門，在上學的路上，我看到許多的同學和我一樣揹著書包要去學校上學，經過迴車道看到許多人停下來買香噴噴的早餐，我看著河岸對面山明水秀的國旗山，一座一座相連在一起，還看到三五成群的鳥兒從我頭上飛過來飛過去。

　　我走在上學的路上，聽到從遠方慢慢駛近的火車聲，近聽到樹上吱吱喳喳的鳥叫聲，還有媽媽載著快遲到的姐姐趕著去上學的摩托車聲，以及我心裡的抱怨聲——「下次我也要媽媽載我去上學」。

　　有時在上學的途中，我除了聞到早餐店濃濃的早餐香外，我還會聞到四處傳來淡淡的花香，其實我最喜歡聞的是早晨新鮮空氣的清香，雖然早晨的清香讓我有點依依不捨，但是我不能停下來好好的聞一聞，因為一停下來我上學就要遲到了。

　　走在上學的路上，我的心情很開心，因為一想到到學校可以和同學一起打籃球、打棒球，想著想著不由得我的腳步又加快了。

評語：巧妙運用感官摹寫出上學途中的見聞，適時加入成語。篇章結
　　　構安排上，結尾明顯短少許多，再加一點上學途中的聯想豐富
　　　內容。

上學途中　　　　　　**四年級　胡雅萱**

　　陽光普照的早晨，我走在上學的路上，看到許多店家已經開門準
備營業了，一列固定時間出現的火車從我眼前開過，我走在上學的路
上，鳥的啾啾聲、火車的轟隆聲、小河的嘩啦聲一陣接著一陣傳到我
耳裡。

　　我走在上學的路上，聞到香味撲鼻的淡淡花香，讓我感覺神采奕
奕，這時我發現有許多人已經聚集在十分車站，他們有的是要去上
班，有的是要去上學，還有的應該是早起的觀光客要來十分遊覽。

　　走在上學的路上，我的心情很快樂，因為一大早就看見陽光在東
方對我微微笑，我一走進校門，看到掉落滿地的油桐花，還有陣陣油
桐花的香味，想起以前下課我們會在油桐花下玩的快樂時光。

　　回想上學途中，常常看到成群結隊的小鳥飛過，看牠們自由自
在，可以每天無憂無慮的飛，我覺得牠們好幸福，都不用上學也不用
上班。

評語：從固定的工作行程中，凸顯人群的忙碌，從油桐花香中引入悠
　　　閒的幽境，羨慕鳥兒的自由自在和無憂無慮，文章由景到情，
　　　觸動人心。

上學途中　　　　　　**三年級　張智凱**

　　我走在上學途中，我看到了幾隻小貓咪，牠們三五成群聚在地上一起玩球，感覺牠們很快樂很幸福，我也好想和牠們一起玩球。

　　我走在上學途中，我聽到了小鳥開開心心的聚在樹上一起唱歌，牠們三不五時就飛來飛去，害我也好想和牠們一起在天空飛行。

　　當我聞到早餐店飄過來的香味，我的肚子就不停的咕嚕咕嚕叫，但走了幾步傳來水溝的臭味，害我的胃口全都沒了，再走了幾步，我又聞到香味撲鼻的花香，感覺整個人又精神抖擻了起來。

　　我走在上學的路上，有一道陽光照射在十分的老街上，也照射在我的身上，讓我覺得好溫暖，也讓我覺得好像有爸媽在我身旁陪我一起走路去上學。

　　走在上學的路上，我興高采烈的對自己說：「今天一定可以很好過，也會心情很好。」我看著眼前的蝴蝶自由自在的飛舞和吸花蜜，我覺得牠們很幸福，我也想要和牠們一樣每天自由自在的讀書和玩樂。

評語：上學途中是遊戲的開始，從發現小動物的遊戲，不管地上爬
　　　的、天上飛的都逃不過小孩的眼力，因為特別關注在遊戲上，
　　　所以聞起來的花香，陽光的溫度通通是生命的動力。

（五）教學成果檢討

　　由於課程教學上已經引導同學針對題目進行感官的摹寫，因此寫作的基本構思和取材可以說已有重點綱要，只要課程的參考分段方式和成語加以運用，文章的完成就變得輕而易舉。

　　從學生的作品中也發現只要給予適當的引導，上學途中是多姿多采的，不管是景色、是活動、是心情還是聯想，每天上學的一條路，竟然有意想不到的風景和故事。

　　在閱讀學生的作品時會發現，小朋友對於小動物特別有興趣，如小貓、小狗、小鳥等等很容易地被寫入文章中，就心情的描述上，大部分的同學也會覺得上學是快樂了，他們一聯想到上學可以和同學玩耍，上學的腳步也不由得加快了，但也有多愁善感的同學，他們會覺得天上飛的小鳥比他們還無憂無慮，花朵上的蝴蝶、蜜蜂也比他們自由自在。

　　為了不讓教學過於僵化，課程中多多鼓勵同學們提出個人的感官發現以及聯想，集思廣益的發言有助於腦力的激盪和取材的豐富。

戊、教學課程範例：分析閱讀與寫作

（一）取材演練

> 請閱讀下面一首唐詩

鹿柴　　王維

> 空山不見人，→空山中看不到半個人影，
>
> 但聞人語響；→卻隱約聽到有人講話的聲音；
>
> 返景入深林，→返照的日光穿過深林，
>
> 復照青苔上。→幽幽地照射在青苔上。

這是一首寫景的詩，描寫鹿柴幽靜的景象。

以下藉由這首詩為構思材料寫成一篇文章「爬山記」。

爬山記

　　假日的早晨全家起個大早來到陽明山的二子坪，到時霧未散、露水還在，全家悠閒漫步在山林小道上，呼吸山林散發的晨氣才發現，山是這麼的幽靜寬廣，但卻只有我們一家三口，平日絡繹不絕的登山客怎都不見蹤影，納悶走著走著，突然一陣談笑聲讓我豎耳張望，我迅速奔前找尋聲音的來源，我仔細在山林間尋尋覓覓，果真「有聲音，無人影。」就像藏鏡人般躲在深林的某處。

　　我不死心的踩著石階，想揪出說話的人，也不知走了多少階，此時陽光正穿透扶疏的樹木，將晨光印在石階上，頓時，發現階道旁開滿了小野花，小野花紅的鮮艷，白的潔白，紫的浪漫，還有黃的使人幻想，再加上葉上的露珠晶瑩剔透，似乎可以感覺到被太陽收歸般的粒粒可見。

我遺忘了剛剛尋人的任務，我也遺留了我的雙親在後頭，我踩著長滿青苔的石頭捷徑找到了爸爸、媽媽，我們三人手牽手一起登上了山頂，眺望眼前的臺北大都市，臺北也像一座森林，只不過是鋼筋水泥組合成的。

（選自《基礎作文訣竅自然通》，張榮權著，蘋果屋出版）

（二）寫作演練：閱讀與寫作

請在閱讀完「鹿柴」和「爬山記」之後，你發現它們之間有什麼關係？並且用一篇文章說明閱讀想法。

（三）教學方式：運用取材

唐詩對小朋友來說，其實並不陌生，但是要運用在寫作裡似乎又不是那麼的容易，既然引導寫作的老師所扮演的不只是小朋友閱讀與寫作的橋樑，同時更是促進閱讀與寫作的催化劑，一個引導寫作的老師要教導小朋友寫作之前，閱讀材料的選取首當其衝，在選擇唐詩時儘量選取簡單易懂，情境表現豐富的，最好是過去所熟悉的，甚至背誦過的詩，這樣的閱讀選材在運用寫作時比較容易得心應手。

在介紹唐詩〈鹿柴〉之前，先介紹作者王維，介紹王維的出仕背景及選擇居住輞川別墅的原因，同時說明「鹿柴」原來是飼養鹿的地方，最重要的是作者寫詩風格的介紹，除了是山水田園詩派外，他的詩更具有「詩中有畫，畫中有詩」的妙境。王維的詩具有這些特點，因此小朋友在閱讀上容易理解，在寫作上容易運用。

介紹完〈鹿柴〉一詩後，要介紹的是〈爬山記〉一文，文中第一句先對時間（假日的早晨）和空間（陽明山二子坪）給予說明，並說明「深林」和「森林」，「漫步」和「慢步」的差異，最後並將文章的情境請小朋友找出與〈鹿柴〉一詩相似的地方再進行討論。

　　寫作運用的部分是請在閱讀完〈鹿柴〉和〈爬山記〉之後，你發現它們之間有什麼關係？並且用一篇文章說明閱讀想法。提供小朋友四個寫作方向：一、閱讀情境營造，二、閱讀內容介紹，三、閱讀學習心得，四、啟動相關聯想。

教學補充說明：唐詩分析與應用

　　以下是將王維的〈鹿柴〉這首五言絕句「空山不見人，但聞人語響，返景入深林，復照青苔上。」為例，詩中第一句「空山不見人」，原意是整座山裡看不到半個人影，透過感受將詩中意境詮釋出來，便成了「山是這麼的幽靜寬廣，但卻只有我們一家三口，平日絡繹不絕的登山客怎都不見蹤影。」第二句「但聞人語響」，原意是隱約聽到有人講話的聲音，改變成「突然一陣談笑聲讓我豎耳張望，我迅速奔前找尋聲音的來源，我仔細在山林間尋尋覓覓，果真『有聲音，無人影。』就像藏鏡人般躲在深林的某處。」

　　第三句「返景入深林」，原意是返照的日光穿越過深林，將原詩延伸為「此時陽光正穿越扶疏的樹木，將晨光印在石階上，頓時，發現階道旁開滿了小野花，小野花紅的鮮豔、白的潔白、紫的浪漫，還有黃的使人幻想，再加上葉上的露珠晶瑩剔透，似乎可以感覺到被太陽收歸般的粒粒可見。」第四句「復照青苔上」，原意是幽幽地又曬在青苔上，從陽光照射青苔改變成「我也遺留了我的雙親在後頭，我踩著長滿青苔的石頭捷徑找到了爸爸、媽媽。」

　　以唐詩〈鹿柴〉為例，並將詩的情境融合到現代生活中，也將人、情、景做時空轉換，就引導出了現代的生活文章——〈爬山記〉。

爬山記

假日的早晨全家起個大早來到陽明山的二子
坪，到時霧未散、露水還在，全家悠閒漫步在
山林小道上，呼吸著山林散發的晨氣才發現，
感　　山是這麼的幽靜寬廣，但卻只有我們一家三　→空山不見人
受→　口，平日絡繹不絕的登山客怎都不見蹤影，納
悶走著走著，突然一陣談笑聲讓我豎耳張望，
我迅速奔前找尋聲音的來源，我仔細在山林間
聯→　尋尋覓覓，果真「有聽聲，無人影。」就像藏　→但聞人語響
想　　鏡人般躲在深林的某處。

我不死心的踩著石階，想揪出說話的人，也不
知走了多少階，此時陽光正穿透扶疏的樹木，　→返景入深林
將晨光印在石階上，頓時，發現階道旁開滿了
延　　小野花，小野花紅的鮮豔、白的潔白、紫的浪
伸→　漫，還有黃的使人幻想，再加上葉上的露珠晶
瑩剔透，似乎可以感覺到被太陽收歸般的粒粒
可見。

改　　我遺忘了剛剛尋人的任務，我也遺留了我的雙　→復照青苔上
變→　親在後頭，我踩著長滿青苔的石頭捷徑找到了
爸爸、媽媽，我們三人手牽手一齊登上了山
頂，眺遠眼前的臺北大都市，臺北也像一座森
林，只不過是鋼筋水泥組合成的。

（四）學習創作成果

閱讀與寫作　　　　　　　　四年級　胡銘杰

　　最近的天氣一直在下雨，讓我心情非常憂心，突然想到今天是星期五，我又想到上午有作文課，原本憂愁下雨天會無聊的事，一下全都忘光光了。上作文課時老師要我們拿出課本，上課一開始老師要我們讀兩篇文章，分別是〈鹿柴〉和〈爬山記〉。

　　我以前就讀過了王維的〈鹿柴〉，我們和老師一起讀完兩篇文章後，我發現〈鹿柴〉和〈爬山記〉的內容非常相近，比如：「空山不見人」這句詩改寫成「山是這麼的幽靜寬廣，但卻只有我們一家三口，……」。

　　讀了王維的〈鹿柴〉之後，我覺得我好像身歷其境，我感覺到我就好像在深林裡，我的心情也變得幽靜起來，當我又讀〈爬山記〉時，我也跟讀〈鹿柴〉的感覺一模一樣，我發覺閱讀的詩與寫作的文章是可以相互運用的，而且也發現過去背過的唐詩並沒有白費，原來它還可以轉變成一篇文章。

　　在今天的課程裡，我發覺過去我們閱讀過的東西，其實我們通通可以拿來當作寫作的材料，如唐詩、故事、旅遊等等，非常非常多的東西都可以讓我們使用。

評語：能從閱讀中學習思想問題，探討出閱讀與寫作間的基本互動
　　　關係。

閱讀與寫作　　　　　　　　四年級　黃聖恩

　　最近的天氣都是下雨天，今天也是下雨天，下雨天都不能出去打籃球，今天教我們寫作文的老師，教我們寫閱讀寫作，老師還教我們一起用唐詩來寫作。

　　「山是這麼的幽靜寬廣，但卻只有我們一家三口，平日絡繹不絕的登山客怎都不見蹤影，納悶走著走著，突然一陣談笑聲讓我豎耳張望，我迅速奔前找尋聲音的來源，我仔細在山林間尋尋覓覓，果真『有聲音，無人影。』」這不就是王維〈鹿柴〉中的「空山不見人，但聞人語響。」嗎！

　　「陽光正穿透扶疏的樹木，將晨光印在石階上，頓時，發現階道旁開滿了小野花，小野花紅的鮮艷，白的潔白，紫的浪漫，還有黃的使人幻想，再加上葉上的露珠晶瑩剔透……」這不就是王維〈鹿柴〉中的「返景入深林」嗎！「我踩著長滿青苔的石頭捷徑」這不就是王維〈鹿柴〉中的「復照青苔上」嗎！

　　在今天作文課的時候，老師教了以前我背過的唐詩〈鹿柴〉，老師竟然可以把以前背過的唐詩運用在寫文章的內容裡，沒想到以前背過的唐詩也可以變成一篇文章，這真是太神奇了！以後我也要用這種方式來寫文章。

評語：開頭的天氣描寫有意思，二、三段偏重在閱讀文章的引用上。
　　　但欠缺個人的見解，第四段提出了自己的發現和新學習，但不
　　　夠深入探討。

閱讀與寫作　　　　　　　　三年級　章師翰

　　今天的天氣很冷，而且還下著很大的雨，因為不能出去玩，所以只能待在走廊或教室，幸好今天我們要上作文課，我讀了〈鹿柴〉和〈爬山記〉，而我的心情也變好了。

　　〈鹿柴〉這首詩我已經都背熟很久了，今天我發現〈鹿柴〉和〈爬山記〉有共同的地方，〈鹿柴〉中的「空山不見人，但聞人語響。」和爬山記中的「有聲音，無人影。」其實它們是一樣的意思。

　　我讀了王維這首詩時，我感覺我好像在森林裡一樣，我再讀〈爬山記〉這篇文章的時候，我好像也跟著作者和王維在爬山一樣，我終於知道了原來詩也可以變成文章。

　　以前我背過許許多多的唐詩，可是我卻不知道把唐詩變成文章，今天上作文課的時候，作文老師教了我們一首唐詩和一篇文章後，發現詩竟然可以變成文章，真是太有趣了！

評語：文章寫作上，掌握了古詩今文的互動關係，經典唐詩的閱讀原
　　　來也可以變成現代的散文創作動力。

閱讀與寫作　　　　　　　　四年級　簡憶萱

　　這幾天都在下雨，我們都不行出去玩，還要穿好多好多的衣服，讓我覺得很不開心，今我們有上作文課，我們上王維的〈鹿柴〉還有〈爬山記〉。

　　以前我背過王維〈鹿柴〉這首詩，王維把山的幽美和寧靜寫在詩裡，而爬山記這一篇文章也同樣有這種感覺，只不過一個是詩，一個是文章的不同寫法。

　　我覺得〈鹿柴〉和〈爬山記〉，其實內容的意思差不多，原來詩的意思也可以寫在文章裡，這樣我們過去背的詩就不會白費了，而且寫文章也不怕沒有材料可以寫。

　　我覺得這堂課，讓我覺得背詩也是很有趣、很簡單，而且寫作的時候也可以拿來使用，這樣我們寫文章就有詩的感覺，不是很有趣嗎？尤其這樣也讓我覺得以前背的詩都是有用的，原來生活也可以處處都是詩。

評語：著重在個人的學習和感受上，具有理性分析也有感性元素，文
　　　章寫作具有創意和個性化。

（四）教學成果檢討

　　這堂「閱讀與寫作」的用意是要學生從寫作中了解閱讀與寫作之間的互動關係，以前讀過的唐詩也可以變成散文的形式出現，透過這樣的寫作分析方式，讓學生更清楚唐詩如何今用。基本上學生是可以掌握簡單且熟悉的古典詩詞，透過寫作分析的方式讓學生從中體會閱讀與寫作的樂趣。另外，鼓勵學生勇於提出自己的見解和看法，有助於獨立思考和判斷力的訓練。

　　學生創作文章的一開始，多以天氣和今日課程為開端，主要在於引導初學者如何去營造文章起筆的情境，看來只不過是大同小異的寫法，畢竟這是集體教學的特徵，不過對於較熟悉寫作運用的同學可鼓勵更多元變化。

　　有趣、神奇的事物容易引起小朋友的注意，在課程設計上只要多往這個方向進行，學生的興趣自然增加，即便是古典的，乏味的文學作品也能轉變成有趣的、好玩的閱讀寫作遊戲，正如林文寶教授在《兒童文學與閱讀》一書中提到：「文學是通過閱讀來演奏（play）文

本的」，play在這裡有多重的意義，它既是文本的演奏，又是文本的遊戲……閱讀就是遊戲。這是因為文本自身就是遊戲，是種意指遊戲，是能指的「散播」和所指的「延擱」的遊戲。進而發現只要將閱讀與寫作變成如遊戲般的好玩，學習者不但自願前往，而且樂在其中。

（二）進階班的寫作教學

進階班的寫作教學課例，基本上其步驟如下：

（一）取材演練
（二）寫作演練
（三）教學方式
（四）學習創作成果（含評語）
（五）教學成果檢討

雖然進階班的寫作教學課例教學步驟與基礎班無異，但就課例的內容和教學方式略有不同，進階班取材教學上，包含了童話、散文、詩、詞、曲、小說等進行多元的閱讀取材引導。至於寫作題目的設定也以適合高年級的命題為主，引導學生將閱讀所得結合過去的生活經驗完成一篇屬於自己的文章。教學方式主要採取啟發學生的創意力，勇於表達自己的想法，另外，也在教學課程中加入思考性問題，期待學生從閱讀的觀察進入問題的思考，最後表達出自己的意念。學習創作成果上鼓勵兒童盡情的創作，評語上會給予修辭和篇章結構的建議，特別是閱讀寫作上相關材料的連結，希望藉由寫作達到閱讀的運用與想像力的發揮。教學成果檢討上，提出個人對於多元閱讀與不同視角的觀察和思考，讓學生在學習寫作上可能的成效提出個人看法。

甲、教學課程範例：認識閱讀與寫作

（一）取材演練——從閱讀中取材

1 閱讀格林童話

金鑰匙

寒冷的冬天，窗外積雪覆蓋著整個大地，一個貧苦的小男孩為了全家人的溫暖不得不出門去撿柴。他好無容易撿到了柴，也把柴捆起來準備回家，但這時小男孩他也覺得身體冷得快凍僵了，他多麼希望可以不必立刻回家，能先就地升上一堆火暖暖身子再拖木柴回家啊！

於是他把地上的積雪扒到一邊，清理出一塊小小的地方來，這時他發現了一把小小的金鑰匙，金鑰匙在雪地裡顯得特別閃亮，他想，既然有鑰匙，那麼鎖也一定就在附近，於是便往地裡猛挖，挖啊挖，挖出了一個鐵盒子，他心想要是這把鑰匙能配上這個鐵鎖就好了！他又想，「那小盒子裡一定有許多珍貴的寶物。」他找了找，卻找不到鑰匙孔，最後他終於發現了一個小小的孔，孔小得幾乎看不見，他試了試，鑰匙正好能插進。他慢慢的轉動了鑰匙……現在我們要等一等，等他把鐵盒子打開，揭開蓋子，就會知道盒子裡有什麼好東西了。

請根據《格林童話》「金鑰匙」的故事，說出你覺得鐵盒子裡有什麼東西？

2 請閱讀陶淵明的桃花源記，並從文章中觀察文章的情境寫作。

桃花源記　陶淵明

晉太元中，武陵人，捕魚為業，緣溪行，忘路之遠近；忽逢桃花林，夾岸數百步，中無雜樹，芳草鮮美，落英繽紛；漁人甚異之。復前行，欲窮其林。林盡水源，便得一山。山有小口，彷彿若有光，便舍船，從口入。

初極狹，才通人；復行數十步，豁然開朗。土地平曠，屋舍儼然。有良田、美池、桑、竹之屬，阡陌交通，雞犬相聞。其中往來種作，男女衣著，悉如外人；黃髮垂髫，並怡然自樂。見漁人，乃大驚，問所從來；具答之。便要還家，設酒、殺雞、作食。村中聞有此人，咸來問訊。自云：先世避秦時亂，率妻子邑人來此絕境，不復出焉；遂與外人間隔。問今是何世？乃不知有漢，無論魏、晉！此人一一為具言所聞，皆歎惋。餘人各復延至其家，皆出酒食。停數日，辭去。此中人語云：「不足為外人道也。」

既出，得其船，便扶向路，處處誌之。及郡下，詣太守，說如此。太守即遣人隨其往，尋向所誌，遂迷不復得路。南陽劉子驥，高尚士也，聞之，欣然規往，未果，尋病終。後遂無問津者。

白話翻譯參考

在東晉太元年間，武陵有個人以捕魚為業，有一天，他順著溪流划著船，划著划著，越划越遠，突然眼前出現一片桃花林。桃林夾著溪流的兩岸生長，長達數百步，這片只長著桃林的溪岸，地上有鮮嫩芳美的香草，墜落的桃花瓣點綴其中，漁夫被這樣的美景所陶醉。

船繼續前行，他決定要走完這片桃林。到了溪水的源頭，不見了桃林，卻看見一座山，山上有個洞口，洞口透出亮光，漁人於是丟下小船走進洞口，走著走著，道路由窄變寬，突然眼前一片開闊明朗。這裡頭根本就是另外一個世界，土地平坦，房舍整齊，田地肥美，池塘桑竹錯落有致，田間小路交錯相通，村裡頭可以聽到雞鳴狗叫，裡頭的人來來往往辛勤耕種，穿著和外面的人沒有兩樣，老人和小孩都怡然自得非常幸福的樣子。

大家看見來了個外人，就過來問他，您打哪兒來呀，漁人一五一十地回答他們，還受邀到他們家中作客，村裡的人聽說來了個外人，

紛紛到這裡來打聽外面的消息。原來這些人，他們的祖先為了躲避秦朝的暴亂，帶著兒女、率領同鄉來到這個與世隔絕的地方，從那個時候開始再也沒有離開過。漁夫於是把這麼多年來的朝代更迭和社會變遷說給他們聽，眾人聽了之後都相當的感慨，漁夫在桃花源裡作客了幾天準備告辭，臨走前大家對他說：「這裡面的情況就不值得對外面的人說啦。」話雖如此，漁夫在回程的時候還是一一作了記號。

一回到郡裡，漁夫馬上去拜見太守，跟太守稟報桃花源奇遇，太守立刻就派了人尋了記號，但是還是迷失了方向找不到原來的路。南陽有位名士叫劉子驥聽說了這件事情，也高興計畫前往，但是尚未成行就病死了，從那時候開始就再也沒有人去尋訪桃花源了。

（二）寫作演練：我的家鄉

引導說明：請運用你的觀察力和你的想像力回想一下，你生長的家鄉「十分」，並且介紹出讓不認識的人也認識十分家鄉。可運用眼睛的觀察，將你所看過的山、水、煤礦、吊橋、火車、天燈等等描寫介紹出來。

（三）教學方式：教師開課日

今日上課我以《格林童話》的楔子──金鑰匙當作開場，同學在不知不覺中融入教學課程中，我狗爬式表演扒雪，逗得臺下同學哈哈大笑，也讓山上孩子原本害羞的容顏逐漸展開笑容，在故事的最終也是整個故事的精神所在，我問了同學：「小男孩轉動鑰匙打開盒子，他看到了什麼？」臺下同學一開始有點膽怯，非得被點到才願鬆口，點了幾個後，此起彼落的舉手各自發表自己的想法，有說要黃金的，有說躲大象的，還有說是藏寶圖的……，在一陣如獲至寶聲中，有人問說：「老師您覺得裡面有什麼？」

　　我說：「三十年多前我的老師也告訴了我這個故事，我也一直在想這個問題。」當然這樣的回答是無法達到當下學生的認同，最後我又說了：「盒子裡面什麼都有，你想要什麼就有什麼？而且是心想事成喔！」

　　接著我指著我搬進來的箱子，大家眼睛睜大的看著，我隨即問同學：「裡面是什麼？」又是一陣好奇的猜想，我請一位好奇的同學上臺打開瞧瞧，他說是書，第二位接著又說是今天上課的書，再下來的同學更將書上的字和圖說了出來，因為好奇，孩子們啟動了豐富的想像力和靈敏的觀察力。

　　我又問：「這本書在什麼時候用得到？」

　　孩子畢竟是老老實實不敢胡言亂語的異口同聲說「是上課的時候用。」

　　我隨即告訴孩子：「沒錯！是上課時用，但上廁所也可以用，特別是沒帶衛生紙的時候更好用。」

　　臺下一陣哄堂大笑怎麼用。我正經的答覆，「古人讀書有所謂的三上，有馬上、枕上還有廁上，而廁上不就是邊上廁所邊看書嗎！」經驗告訴我，孩子的求知慾不會就此罷休的，臺下開始有人耐不住性子的想知道沒帶衛生紙時怎麼用？我先問兩位隨班的女老師，一位老師說：「撕下一張然後對摺。」再請教六年級老師，她說：「別撕書，用刮的就好。」她們兩位可是有教學經驗的資深老師會配合上課講師的演出，當孩子們睜大眼等我答案時，我故弄玄虛的表演撕紙動作，接下來我告訴他們將紙摺成紙飛機然後射出門外向人求救「請給我衛生紙」。其實我這樣的笑話，不只在課堂上為求搏君一笑，而是希望刺激孩子們更有創意的想法。

　　這堂課的另一個單元是介紹陶淵明的〈桃花源記〉，這是一篇返璞歸真的理想生活，從題目衍生而來的「世外桃源」，文中漁夫因迷

路看見一片桃花林，又從桃林中發現石縫中有路，穿過狹縫後竟發現眼前「落英繽紛」、「屋舍儼然」「黃髮垂髫」有桑竹、美池、雞犬相鳴……陶淵明在後代世人的心中建構了一座美麗的「心靈故鄉」，尤其讓許多生活在科技都會中的人們嚮往不已，反而是生活在桃花源中的人自己不自知，對沒落的山林小鄉的居民而言，為求生計他們嚮往工業化的都會，然而在科技工業化下時刻生活壓力的人又無不嚮往純樸的鄉下生活，正如「裡面的人想出來，外面的人想進去。」我曾一度覺得要生活，就要在競爭的都會區，如此才有生命力，但經過多年以後發現山林的生活反而更棒。對小學生而言人生的路還很漫長，他們有許多的人生經驗等著他們去體會，之所以規劃這堂課莫不希望他們學習珍惜現在所擁有的生活方式和活在當下的幸福，古有漁夫迷路有幸尋得「世外桃源」，今日多少人特地搭乘平溪線拜訪「十分車站」，無論搭乘平溪線火車從山貂嶺後或自行開車進入菁桐，心中總會浮現彷彿正在穿過桃花林緊接著眼前豁然開朗的美景映入眼底，以及無爭的氣息也瞬間喚醒心靈的寧靜，這堂課我將文言文譯成白話文，又將白話文轉變成一個「桃花源的故事」，說故事中又將桃花源類比成「十分這個地方」，十分這個地方有美麗的風景，有濃濃的人情味，還有一種讓人不捨離去的寧靜。

　　總算有人知道我在說什麼？臺下有同學竊竊私語向隔壁同學說：「原來我們就住在桃花源裡」，我當下也得到一個會心一笑的回饋，最後有同學問：「陶淵明的桃花源到底在哪？為什麼再也沒人找得到？」我以寫作的創作者思維作總結，羅琳可以決定《哈利波特》中的一切魔法，金庸也可以決定書中人物角色和武功招式，當然陶淵明更可以決定桃花源在哪？以及能否再尋得。畢竟寫作時「作者最大」，他可以決定他文章中所有的一切。

　　這堂課的寫作引導演練題目是「我的家鄉」，經過課程的相處和

說明後，小朋友漸漸卸下心防，同時也比較不膽怯的表達自己的想法，每一位同學都用說的方式寫文章，盡可能加入形容詞來說說自己生長的家鄉，開始有人說十分有黑黑的煤礦，長長彎彎的火車，搖搖晃晃的吊橋，寬廣熱鬧的老街，一座座層層疊疊的青山，美麗的瀑布，緩緩升起的天燈，假日有絡繹不絕的人潮……。

許多人遇到問題會有不知所措或不知如何應對，一旦問題的設定是生活周遭的親切感而被問者又能如數家珍般的熟悉，那麼小朋友便會發現答案就在我們垂手可得的身邊。

（四）學習創作成果

我的家鄉　　　　　　　　　　　**六年級　陳毓澍**

十分是我的家鄉，這裡是一個擁有好山好水的好地方，有著漂亮的蝴蝶在四處飛舞，有著可愛的植物被風吹動，好像在揮手，也好像在鞠躬似的對著遊客說：「歡迎蒞臨十分」。

我們這兒的十分老街，擁有美味可口的美食，讓人看了無不垂涎三尺，雖說老街走起來不過短短幾步，卻充滿著濃濃的懷古味，還有著故鄉獨特的風味。

我們這裡的傳統文化是放天燈，相傳天燈的由來是來自三國時代裡的諸葛孔明，傳聞當時諸葛孔明被魏國司馬懿圍困在長安，於是諸葛孔明發明了第一個天燈，並藉著天燈將訊息傳達給劉備請求救援，這就是天燈的由來，聽起來是不是很有趣呢！

十分這裡真是個好地方，有美麗的風景可以觀賞，有懷舊的老街可以尋幽，更有奇妙的傳統文化可以探奇，我愛我的家鄉十分。

評語：以可愛的情境營造引人入勝，將故鄉老街和天燈的特色簡單而
　　　清楚描述，前後以類疊修辭呼應，簡單而優美。

我的家鄉　　　　　　　　六年級　余佳馨

　　我的家鄉在十分，十分是一個好山好水的好家鄉，平時有許多的遊客前來旅遊，假日的時候更是絡繹不絕，別小看它只是個小山城，假日可是會到處車水馬龍。

　　我的家鄉真的很美麗，除了美麗的山水外，還有壯觀的十分大瀑布，十分大瀑布不但水勢壯觀，而且四周風景優美，遊樂設施齊全，現在整修的更像座公園。此外十分還有許多當地特色，如十分車站，靜安吊橋，車站以前很老舊，經過整修後變得很美麗，十分車站是平溪線上唯一擁有兩個月臺的車站，有時還可以看見兩列火車在這裡會車，一台往菁桐，一台往瑞芳，這裡的火車很特別，車廂外面都有美麗的彩繪圖案。

　　靜安吊橋，以前橋的地板是木製的，政府請工人美化，結果竟然在起用典禮的前一星期斷了，有人說是十分的風太大，還有人說是工人偷工減料所造成的，最後再歷經一段時間整修，終於成了現在所看到的橋。

　　十分還有不能不說的特色，那就是天燈，許多人以為天燈的故鄉在平溪，但只要聽過解說後就會知道，天燈的真正故鄉是在十分，所以一到了天燈節就可以看到許許多多五彩繽紛的天燈緩緩升向天空。

　　我的家鄉真的很美麗，而且具有特色，所以遊客一年比一年多，許多是遠從香港、日本、新加坡前來拜訪我的家鄉十分。

評語：對家鄉景物簡單而有特色的介紹，彷彿一幅風景畫置於眼前，
　　　文章中關心故鄉的發展與動態，其中對於天燈的發源更給了明
　　　確的說明。

我的家鄉　　　　　　　　　　五年級　胡重慶

　　走在十分老街上，可以看到前方的靜安吊橋，走在輕輕搖晃的吊橋上，感覺陣陣涼意在我身邊圍繞著，十分還有全臺最大的瀑布——「十分瀑布」，沿著馬路來到瀑布邊，還來不及驚嘆瀑布已經說話，我沒聽懂，只能癡癡的望著它，不由自主停下的腳步，發現山壁上的蕨類在燦爛的陽光下對我輕柔的笑著。

　　站在十分老街上用心仔細的聽，可以聽見遠方火車疾駛的嘟嘟聲，還可以聽到蟲鳴鳥叫的歌唱聲，這種感覺就像自己是指揮家，正在指揮一場絕美的天籟，如果肚子餓了，可以到在地的麵店大快朵頤一番，不管麵條、湯頭、小菜無不讓人讚不絕口，而且絕對是貨真價實，咬了麵條的質感整個人彷彿飛入雲端，喝下湯頭的味美猶如把煩惱丟到九霄雲外，配小菜的可口味道就像吃了仙丹，瞬間將所有的煩惱拋到腦後。

　　走著走著我來到小河邊，那時陽光普照著大地，照射到我身上的陽光像金粉般的耀眼閃亮，小河就如同爸媽一樣守護著十分，太陽下山時，讓我突然想起「夕陽無限好，只是近黃昏。」也讓我覺得自己就像那位詩人看著如詩如畫的美景，捨不得太陽下山。

　　忽然傳來一陣鑼鼓喧天，把月亮和星星都呼喚出來了，天上有數不盡的星星，地上也有數不完的星星，這是一年一度的元宵節，每年元宵節總是熱熱鬧鬧的，在天燈廣場還可以看到前來助興的影歌星，運氣好還可以看到日理萬機的總統大駕光臨。

　　我的家鄉不管是用看的、用聽的、用聞的都是最美的，不管以後如何變化，在我心目中十分這個地方是世界上獨一無二且最美麗的故鄉。

評語：每個段落各呈現一種家鄉的美麗風景，從感官到心靈體會，從
　　　白天到黃昏再到夜晚，將山林、小橋、河流、老街的美一一呈
　　　現出來，結論雖用語主觀卻是一種欣賞美的開始。

（五）教學成果檢討

　　小孩天生就是一個創作家，但是需要有人去引導他們如何發揮想
像力與創造力，寫作從日常生活開始取材和下筆，對小孩來說是較容
易上手的。當上課的同學卸下了對寫作的心防後，他們開始發現寫作
不就是動動腦、寫寫字而已，其實一點都不難。然而主題設定對初學
者而言非常重要，「我的家鄉」這個題目對小朋友來說是十分熟悉
的，不管是人、事、時、地、物還是情感的感受，因為這些就發生在
身邊，所以掌握起來便得心應手。

　　針對「我的家鄉」這個題目，同學因為生長的環境是在「十分」
這個地方，十分本身是一個因採煤礦而發展的山城，如今雖採礦消失
沒落，卻也因天燈而發展成旅遊觀光勝地，同學因有陶淵明的「桃花
源記」當作寫作引導。因此對於山城的一景一物會特別加以注意和回
顧。再加上先讓同學說出對家鄉印象深刻的事物和特點，因此就寫作
上已先做了構思取材的功課，至於寫作只剩下組合相關材料的後續
動作。

　　即便全體同學一起取材和分享，但最後下筆時每位同學各有各的
視角和觀點，尤其是每個人有每個人對家鄉的感受，在文章的完成
上，也能呈現每篇文章不同的特色。

乙、教學課程範例：寫作取材運用

（一）取材演練

1 從聲音中尋找寫作材料

野玫瑰　曲：舒伯特詞：歌德（周學普譯）

男孩看見野玫瑰	荒地上的野玫瑰
清早盛開真鮮美	急忙跑去近前看
愈看愈覺歡喜	玫瑰、玫瑰、紅玫瑰　荒地上的玫瑰
男孩說我要採你	荒地上的野玫瑰
玫瑰說我要刺你	使你常會想起我
不敢輕舉妄為	玫瑰、玫瑰、紅玫瑰　荒地上的玫瑰
男孩終於來折它	荒地上的野玫瑰
玫瑰刺他也不管	玫瑰叫著也不理
只好由他折取	玫瑰、玫瑰、紅玫瑰　荒地上的玫瑰

舒伯特出生於音樂古典與浪漫的時期，一生之中創造了近千件作品。不但有膾炙人口的浪漫小夜曲，還有為詩人歌德的詩篇譜曲，他創作的特點是把美好的詩譜成歌曲，音樂曲而使得詩篇更傳神、傳情、傳境。歌曲〈野玫瑰〉，雖然比不上其他名曲那麼的著名，但是曲的誕生卻有一個感人的故事。

那是發生在維也納一個寒風刺骨的冬天夜晚，舒伯特剛從學校裡練完琴正走在往家的寂靜路上。當時夜色籠罩著整條街，街道上顯得有些冷清。當舒伯特經過一家舊貨店的時候，忽然看見一個似曾相識的小男孩。這小男孩曾跟他學過音樂，但也和舒伯特一樣，都是個窮

孩子，甚至比他還要一貧如洗。夜這麼深了，小男孩還沒有回家，仍
站在寒冷的街頭做什麼？這時舒伯特看見了小男孩手裡拿著一本書和
一件舊衣服。他立刻明白了，小男孩想要賣這兩樣東西，可是站到現
在一樣也還沒有賣出去。童年的舒伯特也有過這樣的經歷和心境，那
是一種什麼滋味啊！

舒伯特望著這個小男孩，心裡充滿同情和憐惜。他看見孩子那雙
充滿憂鬱、無奈的眼睛裡充滿淚水。孤寂的街頭、濃重的夜色和淒涼
的寒風，似乎要把他們兩人都一併吞沒了。舒伯特在自己的口袋掏了
好幾遍，想要把所有的錢都掏了出來。可惜並沒有多少古爾盾。他自
己的生活已經夠清寒的了，作的曲子也賣不了多少錢，只靠教授音樂
謀生，甚至有時連買紙的錢都沒有，他不止一次地說：「如果我有錢
買紙，我就可以天天作曲了！」

舒伯特無可奈何地搖搖頭，將哪些古爾盾全給了小男孩，他對孩
子說：「那本書賣給老師吧！」說完後，他拍拍孩子的肩膀，孩子看
了看手中的錢，又望了望舒伯特，一時說不出話來。他知道那本書值
不了那麼多古爾盾，舒伯特安慰孩子說：「快回家吧，夜已經很深
了。」

孩子點點頭轉身就跑了，寒風吹起他的衣襟，像他小鳥般鼓動著
快樂的翅膀。可是剛跑出幾步，很快又回過頭朝向舒伯特喊道：「謝
謝你，老師！」邊跑邊不時地回頭向著「老師」揮手致謝。

舒伯特目光一直望著那個孩子，直到孩子的身影消失在夜霧漸起
的小小街道深處。他也要回家了，一邊走一邊隨手翻看著那本舊書，
忽然，他被書中的一首詩吸引住了，情不自禁站在路燈下讀了起
來——

啊！這是歌德的詩〈野玫瑰〉。讀著讀著……這寒風、黑夜、周
圍的一切似乎都不存在了，展現在舒伯特眼前是那盛開的野玫瑰。他

似乎聞到了那濃郁芬芳的花香，看到了頑皮孩子的身影……

　　一段清新而動人的旋律，從那寒冷的夜空中飄來，繚繞著舒伯特的心扉，激勵著他飛快地跑回家，把這段美妙的旋律寫了下來。也許正是舒伯特那善良的愛心，激發了他心靈深處的靈感，使他捕捉到那美麗的七彩音符，為後人創作了這首一直傳唱至今的歌曲〈野玫瑰〉。

2 閱讀研討

　　（1）請回想一下，曾在哪些地方聽過〈野玫瑰〉這首歌？
　　（2）請說出歌德創作〈野玫瑰〉這首歌詞的蘊涵意義。
　　（3）請說出舒伯特創作〈野玫瑰〉這首歌曲的故事。
　　（4）當你聽到〈野玫瑰〉這首歌的時候，你會想起什麼？

3 閱讀並且填入適當的狀聲詞

池塘音樂會

　　雨後池塘邊的青蛙，牠們的歌聲，聲聲吸引著我，想去看看究竟在熱鬧什麼？走在往池塘的路上，風兒＿＿＿＿＿＿＿吹，突然聽到後面有人在哭的聲音，回頭一看原來是妹妹沒跟上在叫，我和妹妹走近池塘，發覺青蛙有不同的叫聲，一下子，一下子，牠們的歌聲讓黃昏的池塘變得好不熱鬧。

　　這時天上的雨也來湊熱鬧，雨滴打在池塘上，開出一朵一朵美麗的花，我和妹妹閉上眼睛，仔細聆聽大自然的天籟，聽著聽著兩人不約而同笑了起來，不知是誰家的公雞也來唱一段，連樹上的蟬都不服氣的唱著。

　　黃昏的池塘在為大自然開音樂會，悅耳的聲音，使我和妹妹沉醉

在大自然的樂聲裡忘了回家，突然間，傳來媽媽大聲呼喊，媽媽巨大的聲音硬把我們從池塘邊拉回家。只是那天晚上，我和妹妹整個腦海裡不斷迴盪著——池塘的美妙聲音，池塘的美妙聲音在我耳邊不斷的。

（二）寫作演練：大自然的聲音

引導說明：請閉上眼睛用耳朵的感官聽覺，傾聽四周聲音，聆聽大自然的天籟，並將你所聽到的大自然聲音寫下來，可以透過聲音的摹寫，狀聲詞的運用，以及譬喻法的使用，將大自然的聲音描寫成一篇有聲文章。

（三）教學方式：荒野上的玫瑰

放下四周窗簾，啟動螢幕讓〈野玫瑰〉的歌聲伴隨影像出現在視聽教室裡，沒有人大聲喧嘩也沒有人竊竊私語，所有的專注力就集中在〈野玫瑰〉這首曲子裡。短短的幾分鐘，宛如時光倒轉，故事中訴說著舒伯特當時創作〈野玫瑰〉的緣由，就在寒冷的夜晚，舒伯特好心掏錢向貧窮的小男孩買了一本舊書，這本書正是德國詩人歌德的詩集，就在翻閱中舒伯特看到了〈野玫瑰〉這首詩，舒伯特邊走邊看，邊看邊哼，不久他完成了〈野玫瑰〉的曲子，當下舒伯特眼前出現的彷彿是一大片的玫瑰，而四周瀰漫著香味撲鼻的玫瑰花香。

故事結束後，我問同學：「〈野玫瑰〉讓你想起什麼？」搶答聲中有舒伯特，有歌德，還有人說海角七號……，這些答案都很好，我的問題是想讓同學從聲音中喚起一些曾經有印象的記憶，也希望藉著〈野玫瑰〉讓他們認識作曲者舒伯特和作詞者歌德，另外最重要的是同學能藉由聲音中獲取寫作材料，就像舒伯特從歌德的詩中獲得創作曲子的靈感。

〈野玫瑰〉餘音之後，介紹摹寫聲音的狀聲詞，同時也說明可

以運用不同的標點符號和位置改變聲音的音調和節奏，如「滴答、滴答」、「滴答！滴答！」、「滴答——滴答——」、「滴答，滴答……」、「滴、答、滴、答」，接著在池塘的音樂會一文中填入適當的狀聲詞。

　　最後要介紹說明的課程就是寫作演練，今日演練題目：「大自然的聲音」，我請同學閉上眼睛靜靜聆聽四周的聲音，三分鐘的閉眼中，大家的耳朵似乎變得更加靈敏，從舉手的同學裡，我選了離我最遠，離窗戶最近的同學，她告訴我她聽到的是「雨聲」，我又接著問「雨聲是什麼樣的聲音？」臺下已等不及我點名，有「滴滴答答」，有「蹙蹙咚蹙」，也有「嘩啦嘩啦」，更有怕我聽不到的近乎喊的要我聽到「淅瀝淅瀝」……我刻意重複同學們聽到的聲音，其實我是要明白的告訴同學「你們的聲音老師都在乎」。在一陣雨聲後，風聲出現了，走路聲也來了……最後連經過的平溪線火車聲也來湊熱鬧。在火車笛聲後，我要同學把自己的聽覺帶到過去曾經去過的地方，曾經聽過的聲音，在當下我也回想起，小時候老師喜歡帶我們到學校後山的迎風坡上課，老師要我們閉上眼睛，那時我們聽到的也是風聲，鳥叫聲，還有遠方緩緩經過的西部海線火車聲，十分的孩子，很可愛也很幸福，他們告訴我他們聽到了鳥的啾啾叫聲，小河的嘩啦嘩啦流水聲，青蛙的呱呱呱的叫聲，和山發出不知怎麼來形容的怪怪聲……說他們可愛幸福是因為他們都擁有健康的聽力和聽到最接近大自然的聲音，當我在都會區上這堂課，同學總告訴我汽車的引擎聲、工廠機械的運轉聲，還有鄰居的吵雜聲，我總要費一番工夫將他們的聽覺做個時空轉換讓他們有親近大自然的情境聯想，如此他們才能好不容易發現了大自然的天籟美聲。

　　寫作運用摹寫，除了讓寫作者在當一個閱讀者的時候可以仔細閱讀與發現文字的韻律美和將文章引入另一個時空情境外，還可以在寫作的時候將所接觸過的聲音摹寫下來，另外當一個廣義的閱讀者，除

了文本之外更有許許多多的大自然聲音等著我們用耳朵的聽覺去感受。聲音可以用摹聲的方式將聽到的聲音用狀聲詞表達在文字上，若在標點符號上下點工夫改變一下，語氣上便會有截然不同的感覺，是長音，是短音，是連續音，還是急促音，誰說文章沒有聲音，文章還會講話呢？

只是運用摹聲方式表達聲音，可能還是覺得抽象，那麼不妨再近一步的加入譬喻的修辭方法讓聲音更具體呈現，如聽到小河的嘩啦嘩啦流水聲，就像是聽到小河在唱著美妙的歌曲，聽到了鳥的啾啾叫聲，彷彿聽到一位美聲天后在唱歌，站在荷葉上的青蛙，猶如自大且愛吹牛的政治家口若懸河在發表言論，摹聲再加譬喻完成的句子，閱讀起來便感覺有聲有色。

同學們聽完解說後，該是他們用文字表達聲音的時候，幾位同學不約而同問我最喜歡聽什麼聲音，我說：「我最喜歡聽學生動筆寫文章的聲音。」

臺下，一陣動筆的聲音此起彼落，嗤、嗤嗤、嗤嗤嗤……

（四）學習創作成果

大自然的聲音　　　　　六年級　陳浩平

在十分的山上，我聽到鳥兒的鳴叫聲，大樹在風聲下發出好聽的聲音，河流中的小魚在歌唱，還有天空中小鳥在呼叫鳥媽媽，一直說我餓了，我要吃飯！青蛙在夏夜不停呱呱呱叫著，只是不知道牠們在叫什麼？突然間，聽到了滴滴答答聲……

滴滴答答好像是雨，是老天爺的尿尿一點一點的掉下來，也像三角鐵的聲音，滴滴答答的，每天都在下，我懷疑老天爺年紀大了，所以有很多的尿，他們也有節奏一個滴滴、一個答答、一個淅瀝、一個

嘩啦。

　　哥哥帶我去101時，讓我想起以前好像也有人帶我去過有點好玩又有點危險的地方，我一直想一直想原來是爸爸、媽媽曾帶我去過，那天正巧也是雨天，雖然那時我才三歲印象模糊，但長大後我才知道原來那是一種熟悉的安全感，那種感覺就像是水滴聲的呼喚。

　　那一些聲音讓我有一種快樂感，真想再次回到三歲的時候，可是沒辦法了，記得我去101的時候，那是一種難忘的快樂感，我好喜歡水滴聲，可以讓我有一種安全感！一滴一滴的聲音滴滴、答答……

評語：從身邊的環境聲音摹寫聯想到過去的旅遊經驗，滴滴答答觸動
　　　聯想也串起全文。

大自然的聲音　　　　　　六年級　胡英慧

　　今天跟著同學到學校的親子園，我們到了親子園的涼亭談天，忽然聽到了小鳥正吱吱喳喳的在唱歌，當時我閉上眼睛靜靜的聆聽，真是美妙極了，讓我突然想起了一種熟悉的聲音。

　　我最喜歡聽的聲音是，奶奶親切的聲音，每一天早上起床時，奶奶都會叫我趕快準備好，要記得吃早餐，奶奶有時會叫我自己訂便當，或是中午時幫我送便當，奶奶的聲音總是讓我覺得很溫暖、很溫柔，也是最具有大自然的感覺。

　　奶奶的聲音就像是河流嘩啦嘩啦慢條斯理，雨滴滴答答是大自然美妙的聲音，奶奶從來都不化妝，而且吃蔥抓餅都吃原味，因為奶奶說自然就好，所以我覺得奶奶的聲音也是最自然的。

　　我覺得奶奶的聲音，讓我聽起來具有安全感，讓我覺得很幸福、很有信心、很滿足，每一天都很美滿很知足，我真的很感謝奶奶，有

奶奶真好，我希望奶奶可以永遠陪在我身邊，奶奶的聲音是最甜美的大自然聲音。

評語：觸景生情的方式，由小鳥的吱吱喳喳想起了熟悉的奶奶，瞬間由大自然的聲音轉向對奶奶人物的描寫，看似偏題，卻是偏得有情。

大自然的聲音　　　　　六年級　張銘彥

在一個炎炎夏日的午後，我在我外婆家，聽到唧唧的蟬叫聲，和孩子的歡笑聲，還有小鳥吱吱喳喳的聲音，到黃昏還聽父母叫小孩回家的聲音，夜晚，所有的聲音都不見了。

我最喜歡的是雨聲，因為雨聲很特別，有時大聲、有時小聲，有時是滴滴答答、有時淅瀝淅瀝、有時咚咚咚、有時嘩啦嘩啦，這些美妙的水彈奏的聲音讓我想到我們要好好珍惜大自然的水資源。

如果不好好珍惜水資源，我們就沒水可以喝也就會渴死，就像非洲一樣每年旱災連連，每個人都十分瘦小，每當到了家裡喝口水我就覺得自己很幸福。

雨聲讓人覺得很快樂，因為就像鋼琴在彈奏，一下子滴滴答答、一下子淅瀝淅瀝、一下子大聲、一下子小聲，有時我還跟著一起唱，大自然的聲音真的很美妙，我愛大自然的一切聲音。

評語：收集多種聲音，巧妙摹寫，在運用狀聲詞之外，還加入了旋律、節奏的多變，讓雨的聲音結構全文精彩演出。

大自然的聲音　　　　　六年級　鄭琦文

　　一到春天，我在家聽到窗外滴滴答答，下雨時同時聽到呼呼的風吹聲，又聽到呱呱呱的青蛙聲音，也有聽到打雷聲轟、轟、轟的聲音，融合成了美妙的春天聲音。

　　呱、呱、呱的聲音，呼、呼、呼的聲音，轟、轟、轟的聲音，吱、吱、吱的聲音，滴滴答答的聲音，聽起就像「呱、呼、轟、吱、滴答」的聲音，就像樂團在唱歌的聲音，有點吵鬧又有點熱鬧。

　　我小時候要睡覺時常常聽到怪聲，我聽到就想馬上蓋住棉被睡著，這些聲音有時覺得「開心」，有時覺得「快樂」，有時覺得「可怕」，有時覺得「熱鬧」，有時我閉上眼睛，聲音還在我腦裡圍繞。

　　小時候，睡前聽到聲音，我覺得有時「開心」，有時「快樂」，有時「可怕」，有時我很快睡著，現在我長大了覺得一點都不可怕，那是大自然美妙的歌聲，大自然的聲音是美妙的。

評語：針對過去的聽覺經驗表達出個人的感受，同時也表達出對聲音
　　　的不同想像，建議結尾可將時空再拉回當下窗外滴滴答答。

（五）教學成果檢討

　　「大自然的聲音」這個題目，主要描寫自己曾在大自然裡聽過的聲音，將聲音透過摹寫的方式具體呈現出來，即便聲音成了文字，但還是不能滿足同學創作上對聲音的感受，因此引導同學將聲音再用譬喻修辭的方式更具體的來表達出對聲音的看法和感受。

　　基本上同學的寫作能掌握的都以過去曾經聽過的聲音為主要材料，尤其是生活周遭所能體驗和感受到的聲音，一般學生會以聲音的臨場性和深刻感為主要收集對象，一部分同學也會將非大自然的聲

音，也就是人的聲音納入文章的寫作裡，還有些同學會將聲音當成一種創作情境，透過對聲音的接觸而產生一種對往日的情感。那麼聲音就不只是聲音，而是一種喚醒記憶的導火線，寫作的方向將會導向往日情懷的火花。

　　另外，以「大自然的聲音」為題，在寫作上不僅僅有聲音擷取，還可以運用標點符號的加入技巧，運用不同的標點符號和使用位置，造成聲音的巧妙變化，達到寫作遊戲的趣味功能。

丙、教學課程範例：詩曲運用聯想

（一）取材演練

（1）唐詩欣賞　　夜思　　作者：李白

床前明月光，
疑是地上霜，
舉頭望明月，
低頭思故鄉。

1. 請問這首詩所表達的是什麼季節？

_____

2. 看到明亮的月光李白想起什麼？

_____

（2）元曲欣賞　　天淨沙・秋思　　作者：馬致遠

枯籐老樹昏鴉，
小橋流水人家，
古道西風瘦馬。
夕陽西下，
斷腸人在天涯。

1. 請問這首曲中有哪些詞是可以具體呈現眼前？

_____

2. 曲中所表現的是什麼季節？為什麼？

_____

3. 曲中古道象徵什麼？西風象徵什麼？瘦馬又代表什麼？

_____

4. 曲中作者所想表現的是什麼心情？

_____

5. 請說出馬致遠「天淨沙・秋思」的白話意思。

_____

（3）請仔細閱讀下面文章

落葉知秋

　　走在楓樹林道上，一陣西風吹來，吹紅了楓葉，也吹得楓葉四處飄揚，我隨手撿起一片火紅的楓葉，美麗的葉形、清楚的葉脈，是紅得凋零而不枯萎。

　　這一片片隨風飄落各地的楓葉，是秋天派來的使者，她們隨西風到各地散播秋的信息。走在秋高氣爽的楓樹林道上，看兩旁楓葉由綠轉紅，宛如置身在如詩如畫的夢境中，或許這時心中也充滿著數不盡的詩篇，想吟首詩為秋天增添些許浪漫。

　　也許是秋的涼，觸使人感傷，當楓葉慢慢從空中落下的那刻，我們不免也有忍不住的要感傷落淚，楓葉從此與母樹分離，還要隨著西風四處飄蕩流浪，是樹的無情？還是葉的無義？我想無論如何落葉終究要歸根，或許這正是大自然生生不息的道理。

　　我留連忘返在這條林道上，松鼠在樹上對我眨眨眼，從空中飛過的野雁似乎還忙著趕路，只有我——是悠閒的，我漫步在這條鋪滿紅葉的道路上，我忘了喧喧擾擾的城市，我彷彿置身在世外桃源裡，然而心中卻是矛盾的，這落葉給我美麗和浪漫，也給我淒涼和悲傷。在秋的落葉下我沉思了很久，最後我將撿起的那片楓葉夾在隨身的筆記本中，緩緩的往回家的路走去。

（二）寫作演練：秋天的聯想

引導說明：請參考李白的〈夜思〉和馬致遠的〈天淨沙・秋思〉寫一
　　　　　篇關於秋天的文章。

甲、參考取材：

1.秋天的天氣

_____

2.秋天的景色

_____

3.秋天的活動

_____

4.秋天的心情

_____

5.秋天的聯想

_____

乙、參考分段構思：

1.秋天的景色　2.秋天的活動　3.秋天的心情　4.秋天的聯想

丙、參考相關成語：

1.秋高氣爽　2.詩情畫意　3.如詩如畫　4.落葉知秋　5.流連忘返

丁、參考相關文章：

1.李白的〈夜思〉2.馬致遠的〈天淨沙・秋思〉3.杜牧的〈秋夕〉

（三）教學方式：秋天的聯想

　　入秋了，車子從石碇交流道下，再轉個大彎便進入一〇六線公
路，隨著車子的行走除了有越來越遠離塵囂的感覺外，心境上彷彿來

到另一個自然寧靜的心靈故鄉，在彎彎曲曲的山路和山谷間，一會兒
上一會兒下，時而左轉時而右彎，如果是急著想快快抵達目的地，恐
怕面臨的不止危險還有失去一路的明媚風光，從決定到十分國小上課
後，我每天都期待上山到十分教閱讀寫作，畢竟這堂課是特別有意思
的，一來讓我有機會接近不同區域的學生，二來像是給了自己強迫休
假的機會，雖然這條路途中總是細雨綿綿，至少上山這麼多次還沒見
過太陽探頭打招呼，如果不知情的還以為這裡沒太陽。索性我不暈
車，當然也很少聽過自己駕車還會讓自己暈車的怪事，車過菁桐目光
必會被橋頭的礦工採礦雕像所吸引，但別忘了過橋，接著路過平溪，
在平十路上，可以再放鬆油門，兩旁漸黃的楓樹宛如迫不及待要告訴
路過的人，秋天來了，只要一搖下車窗便可感覺秋的氣息和味道，如
果有人問我秋是什麼感覺，我會告訴他，秋有點涼意，但又帶有一點
詩意的浪漫，她的美，會讓人一整天都充滿她的影像，就算你睜眼閉
眼間依然無法換掉的螢幕。

　　秋天是一年當中最美的季節，使人感到浪漫，也使人多愁善感，
所以作家喜歡以秋天為創作題材，也喜歡在秋天裡寫作，所以有人說
秋天是一個充滿詩情畫意的季節。今天課程安排「詩曲運用聯想」就
是從詩曲的閱讀中啟發創作的聯想，課程中首先以小朋友都可以朗朗
上口的〈夜思〉當作閱讀引導，李白的詩對小朋友而言是再熟悉不過
的，接著再引入秋思之祖——馬致遠的〈天淨沙‧秋思〉，讓學習寫
作的小朋友除了感受唐詩與元曲的美和秋的情境外，還有作者的心
境，最後再引入一篇散文「落葉知秋」，讓學習者從中學習觸景生情
的寫作方法，文中運用一片落葉，觸動對秋的聯想與抒發對秋的情
感，整篇文章以成語為題，再將有關秋的景，秋的情的成語靈活運
用，最重要是學習者在仔細閱讀的同時，分析作者如何運用對大自然
的觀察力和感受力，以及作者在表達上如何的運用成語和修辭。

　　「想像可以無限大」，運用想像中的聯想是創作的必要條件，唐朝人李白不就在秋天的夜裡，看著天上的明月，聯想起他的故鄉，而元朝人馬致遠在秋思的「枯藤老樹昏鴉，小橋流水人家，古道西風瘦馬……」，在秋天的氛圍中，觸動他對故鄉的思念之情。同學們學寫作不妨從詩曲感受中學習聯想，就像過去我們都曾經背誦過許多的唐詩，這些早已銘記在心的唐詩佳句，只要我們將詩句中的意思不斷的反覆思考，便可從思考中獲得更多的聯想，不論是秋天的天氣或秋天的景色都是很好的觸發聯想的點，接著進入活動和心情的聯想，最後再以連結的方式聯想與秋天相關的詩、詞、文章、甚至名曲、名畫等等都是很棒的寫作連結。

　　今天的課程學習重點在取材、分段練習、適時運用成語以及詞曲的連結，為了讓學生在寫作時不遺漏相關元素，於是採取分段逐步進行的方式，在一定時間裡大家先寫第一段，寫完之後再進行下一段，運用一段一段逐步寫作方式，除了能讓寫作者專注的範圍集中外，還讓學生心裡感覺上文章不是那麼的浩瀚難以完成。

（四）學習創作成果

秋天的聯想　　　　　　六年級　陳毓澍

　　漫步在秋天的林道上，一陣陣西風徐徐吹來，吹起了涼意，也吹紅了楓葉，讓天空下起了紅通通的點點小雨，為秋天的林道鋪上了一層層火紅的美麗地毯，我彎腰隨手撿起一片四處飄落的火紅楓葉，那是清楚又結實的葉脈，是紅得凋零而不是枯萎啊！這種景象真是美如仙境！

　　這一片片隨風飄落各地的楓葉，是秋天之神賜給大地的禮物，她隨西風到各地散播秋的氣息，大家走在秋高氣爽的楓葉林道上，看著

楓葉由綠轉紅，宛如置身在如詩如畫的夢境裡，這時大家的心中充滿著數也數不盡的話語，想把它創造成一首首美妙的詩篇，想為秋天增添些許的浪漫和幸福。

秋天的涼意，觸使人感傷，當楓葉緩緩從樹媽媽身上落下的那一刻，我們也免不了的要感傷落淚，小楓葉從此與母楓樹道別，小楓葉還要隨著西風四處飄盪，是樹的無情？還是葉的無義呢？我想無論如何落葉終究要歸根，也許這正是大自然生生不息的道理！

我依依不捨徘徊在這條林道上，忽然想起李白的〈靜夜思〉：「床前明月光，疑是地上霜。舉頭望明月，低頭思故鄉。」這首詩也與秋天有關，它描寫深秋的夜晚，遊子看到月亮思念親人的情景。李白思念他的故鄉，而我則流連忘返在林道上欣賞如詩如畫的美景……沈思片刻後，我將眼前的那片落葉夾在隨身的筆記本上，緩緩的往回家路上走去。

評語：文章富有詩情畫意的美，情與景交互，有觸景生情，有寄情於景，秋天聯想到了美麗與哀愁，也連結了李白的詩句，在文章的畫面之外開啟超連結視窗。

秋天的聯想　　　　六年級　陳家莘

秋天的景色，大地有著枯黃的草原，楓樹有著火紅的衣裳，風一吹火紅的楓葉就慢慢的飄灑在楓樹身邊，我靜靜的看著楓葉的飄落，妹妹站在楓樹下吹著秋楓的香，這是一個讓我忘不了的景色，美麗的秋天讓人流連忘返，希望明年在同一個地方也可以再看到，同樣的美景。

秋天的早晨，有時會聽到鳥叫聲，每當這時媽媽就會說時間不早

了，我和妹妹就會馬上起床，有一回媽媽就會說今天阿姨要回家烤肉，因為今天是阿嬤的生日大家會回來看阿嬤，再過幾天就是中秋節了，大家也會回阿嬤家烤肉，秋天的季節讓我們很開心，因為她讓我們家人團聚在一起。

到了秋天我的心情是很開心的，因為秋天有著放假的日子也有著節日，到了節日我的心情就會變得非常的開心，尤其桂花的香味讓我心情變好，使我更有精神更有活力，楓葉的顏色也讓我的心情變好，我最喜歡秋天桂花的香味和楓葉的美。

秋天讓我想到李白的詩，也會想到秋天的楓紅，李白會想到故鄉，「床前明月光，疑是地上霜，舉頭望明月，低頭思故鄉。」看著天上的月光有著美麗的光芒，也會讓我想到秋天，想到楓樹和桂花的香味，以及有些淒涼的秋風。

評語：在篇章結構上分別將秋天的景色、活動、心情、聯想四個部分
　　　結合在一篇文章裡。整體而言以美為出發點，因此處處呈現美
　　　的意象。

秋天的聯想　　　　　　六年級　簡佩鈴

今年的秋天來了，秋天的景色既淒涼又浪漫，我坐在房裡看出窗外，窗外那棵楓樹的葉子慢慢凋零，一片葉子掉到我的房裡，我把葉子撿起來看一看聞一聞，這片楓葉的葉脈真美真多條橫線，味道有點香香，聞起來好清爽，真舒服。

秋天有節日，名叫中秋節，中秋節人山人海擠來擠去，有很多人會來擺攤，如果沒有擺攤也就不會有人來，所以一定要有擺攤才熱鬧，而且中秋節還會拜拜，我們也會一起拜拜，保祐我們這些小朋友平安快樂健健康康，我認為中秋節是這裡最好玩的節日了。

　　有時秋天會讓我們心情很低落，看到秋天的天空，灰灰暗暗，感覺心情低沉，但有些人喜歡秋天，就算看到灰暗的天也覺得很開心快樂，心裡很放鬆，所以我很喜歡秋天，雖然心情有時很低沉。

　　秋天讓我想起兩首詩和曲，第一首是「床前明月光，疑是地上霜，舉頭望明月，低頭思故鄉。」第二首是「枯籐老樹昏鴉，小橋流水人家，古道西風瘦馬。夕陽西下，斷腸人在天涯。」這些詩曲讓我想起秋天真有趣。

評語：從視覺和嗅覺開啟對秋的發現，從中秋的熱鬧歡喜到傷秋，讓
　　　讀者瞬間轉換心情，結論對於詩和曲的連結，只點到皮毛並未
　　　深入骨肉探討，感覺上少了支撐力。

秋天的聯想　　　　　　　六年級 張晏慈

　　秋天的時候，親子園那邊開著非常漂亮的楓葉，在我們教室旁邊，也看得到那一片火紅的楓葉，楓葉有紅有綠，坐在教室，還有一陣清涼的風往我們吹過來，真是涼快極了，這一片片隨風飄落在各地的楓葉，一定是秋天派來的使者。

　　我隨手撿起一片楓葉，美麗的葉形，清楚的葉脈，是讓許多人看了又看一直在那裡不想離開，或許這時心中也充滿數不盡的詩，這首詩為秋天增添了許多浪漫，這時候松鼠在樹上對我眨眨眼，從空中飛過野雁似乎還忙著趕路，讓其他人都對牠充滿了好奇心。

　　也許是秋天的涼，觸動人的心，當楓葉從空中掉下去時，有一種感傷讓人忍不住落下眼淚，但我同時也留連忘返的在這條道路上，看著那楓葉是如此的美麗，我還坐在這條美麗的楓葉下，靜靜的吹著涼爽的風，真讓人心情愉快了起來。

秋天的時候會讓我想到有盛開的楓葉，還有清爽的風可以吹，中秋節也在秋天，會讓我想到可以吃月餅、烤肉，夜晚的月亮是如此的美，也會讓我想到李白的詩，「床前明月光，疑是地上霜，舉頭望明月，低頭思故鄉」。

秋天的時候，我的心情是美麗的，浪漫的，快樂的，愉快的，所以在秋天我的心情真是好。

評語：著重在大自然的觀察部分，楓葉的變化、松鼠、野雁的動態中
　　　表達出秋的來臨，秋意涼楓葉紅，是一種美麗也是一種感傷。
　　　最後作者想表達的是秋天的心情真好，不失為孩童的赤子之心。

（五）教學成果研討

課程學習重點在取材、分段練習、適時運用成語以及詞曲的連結，寫作方式採取分段逐步進行，在一定時間裡大家先寫第一段，寫完之後再進行下一段，因為有了題目的相關閱讀與引導，再加上寫作的分段參考，同學們在寫作上不但不會不知所措，反而有所依據的循序漸進。

在分段上建議第一段描寫秋天的景色，大部分的同學都會在寫景之時加入天氣的元素，他們發現秋意涼以及大自然景色的變化，因而產生了一種情境的感覺。第二段描寫秋天的活動，同學們會寫自己漫步在秋天的裡所觀察到的發現，也會寫秋天的重要節日中秋節，一種對佳節的懷念和回味。第三段敘述在秋天的心情，同學們學習從觸景中生情，有人寫樹葉枯萎凋零的離愁，有人寫秋日涼爽感覺淒涼，也有人寫在秋天裡享受節日的歡樂與八月的桂花香。第四段建議寫秋天的聯想，同學們會試著將李白的詩，馬致遠的曲連結到文章裡，讓文

章產生一種超連結的視窗效應，同時也能在寫作中展現平日的閱讀力。另外，也在寫作上要求同學們必須加入適合的成語，除了提升用詞的優美外，還有閱讀力的表現。

因為是寫作練習，要同學嘗試加入古典詩或曲，一開始不免生疏和牽強，但同學若會靈活運用寫作連結的技巧，那麼在寫作上除了詩和曲外，還可以加入詞、畫、歌曲、戲劇等等平日的閱讀所得，如此可以讓閱讀與寫作的關係更密切。

丁、教學課程範例：小說選讀寫作

（一）取材演練

1 屋頂上的番茄樹（節錄）　　　　黃春明

　　……

　　又是一幕叫我難忘的回憶。小學三年級的時侯，有一天突然發現我家的屋頂上長出番茄來。我很驚訝地問祖父：

「阿公，我們的屋頂上為什麼會長出番茄來呢？」

「這有什麼奇怪？你又跑到屋頂上？」

「沒有！我在底下就可以看到番茄樹，長得好高。它為什麼不長在田裡呢？」

「傻瓜！難道它想長在田裡，就能長在田裡嗎？」

「那為什麼？」我問。

「這也不知道。田裡的番茄成熟的時候，麻雀去偷吃了。吃得飽飽的就到我們的屋頂上來。結果皮和肉消化了，籽兒沒消化。麻雀拉了一泡屎，就把番茄籽兒也拉出來了。後來就長出番茄。」

「但是，」我還是不大懂。「屋頂上沒什麼土啊？」

祖父突然帶著嚴肅的口吻說：「想活下去的話，管他土有多少！」過後不久，有一次上美術課的時候，老師要我們畫「我的家」。我畫啊畫的，在一個房子的屋頂上，畫了一顆番茄樹，比例上比房子都大，還長了紅紅的番茄。我很高興地交給老師。

「等一等。」老師把我叫回來。「你畫的是什麼？」

「番茄樹。」我說。

「番茄樹？」老師叫了起來。然後啪地給我一記耳光：「你到底看過

番茄樹沒有？啊？」

我摀著挨打的臉頰，我說：「看過。」

啪！我的另一邊又挨打。「看過！你還說看過！」

「老師，我真的看過。」我小聲提防著說。

但是，老師更生氣。他拉開我的手，又摑掌過來，「你看過？你看過還把番茄樹畫在屋頂上？站好！」

我的鼻血流出來了。同時腦子浮現出屋頂上的番茄樹來。我冷靜地說：「我家的屋頂上就長了番茄樹。」

「你種的？」這下沒打我。

「自己長出來的。」

「騙鬼！」又想打我，但他把半空的手縮了回去。「屋頂上沒有土怎麼能活呢？騙鬼！」

這時祖父的話也浮出來了。我說：

「想活下去的話就有辦法。」其實那時我還不懂這句話的意思。

「如果你不想活了你就再辯！」他舉起手威脅我。我反而放下手，把頭抬起來站好。好像要為真理犧牲的樣子。當然，那時什麼都還不懂的。

老師大概看到我鼻孔的血流得太多，看來似乎壓不住我。他轉個口氣叫：「班長，帶他到醫務室去。」

我沒去，一直站在那裡，最後老師把畫收集起來就回辦公室去了。

那一天我回家，遠遠地看到我家的屋頂，看到屋頂上的那一棵番茄樹在風裡搖動的時候，竟禁不住地放聲痛哭起來。

現在想起鄉間的老百姓，也想起都市裡的知識分子，還有屋頂上的番茄樹。我想他們都有一個共同的宿命：

「世界上，沒有一顆種子，有權選擇自己的土地。同樣地，也沒有一個人，有權選擇自己的膚色。」

2 閱讀寫作運用

（1）回到外公住的鄉下，我常常不知不覺仰望著鄉下老房舍的屋頂，我試著想找到一棵隨著鳥屎而誕生的番茄樹，有沒有如同本土作家黃春明所寫的〈屋頂上的番茄樹〉，只是每次只看麻雀成群結隊吱吱喳喳從東飛到西，又從南飛到北，就是不見番茄樹，但我深信「屋頂上的番茄樹」是存在的，它絕對不只是小說裡的故事而已；然而爸爸總是在我看得出神的時候，輕輕從背後拍拍我肩膀告訴我：「這裡雖然沒有長在屋頂上的番茄樹，但是有長滿地上的落地生根。」

（2）黃春明的作品〈屋頂上的番茄樹〉，在我讀完之餘，我總會聯想起法國聖・修伯里的《小王子》，大人總是不了解小孩子的世界，看不出蟒蛇吞大象的畫，就像屋頂上為什麼不能長出番茄樹呢？為什麼我們的思維常迷失在眼見為憑的狹窄世界裡呢？

（二）寫作演練：閱讀心得寫作

引導說明：請將閱讀後所學習的新知與想法寫成一篇文章，藉著寫作可以出表達自己的意見，也可以將閱讀過的文章介紹給別人分享。

（三）教學方式：打破思維框架

昨夜下課回家途中，特地經過水果店買了一盒有機栽種的小顆紅番茄，回到家還用清水將它們一一清洗晾乾，全是為了今天早上的一堂課——〈屋頂上的番茄樹〉，多年前看到黃春明先生的這篇文章，當時便十分感動，心想我要如何將這篇本土性地方味的文章介紹給我的學生，讓他們也能感受本土作家創作這篇文章的用意，黃春明先生的這篇文章用字並不艱澀，寫法也像是一個小學生在說親身經歷的故

事（雖然含有些許的哭訴），至於學生在閱讀時能體會到多少原創作者的心，部分的責任在於教學老師的引導，是否能在上課的教學中引起學生對課程內容的興趣與啟發對課程內容的聯想，閱讀寫作課程基本上能吸引學生的閱讀興趣接著要達成寫作成效就不難了。

　　一上課，我什麼也沒說，只是將帶來的新鮮番茄一人分兩顆，接著請同學品嚐品嚐，有人對番茄的味道不怎麼喜歡，我特別用一點時間說服他勇敢嘗試一下，況且這是有機栽培種植的果實最天然，希望同學別被以往的想法和經驗限制住自己了，當大家大口品嚐了之後，有人用意猶未盡的眼神看著我，有人用遲疑的眼光注視的我，我想他們一定在想今天不會只吃兩顆番茄而已吧！其餘的番茄還有其餘的上課時間呢？

　　我問同學：「知不知道番茄樹長在什麼地方」，這群孩子與土地最親近了，臺下異口同聲告訴我：「是田地裡」，我接著又問：「有沒有看過番茄樹長在屋頂上的」，臺下又異口同聲且確定的回答：「沒有」，我告訴同學作家黃春明說屋頂上會長出番茄樹，我看著臺下二十四雙好奇的眼神看著我，我將黃春明的「屋頂上的番茄樹」像故事般的說了一遍。故事說完後，不用我問同學舉手告訴我，我阿公家的屋頂上也有一棵小榕樹，接著臺下七嘴八舌討論著，結論是學校的圖書館那邊也有小樹，五年級教室屋頂還有雜草，還有人說屋頂上還會長出小花呢！

　　在大家的熱烈討論之後，我請同學將文章再看一遍並且在學習單上畫下「屋頂上番茄樹的樣子」，接著運用一個能引人注目的句子為開頭，內容將閱讀的文章大意寫在裡面，最後用一個多元思考的方式為結尾。

　　的確如同黃春明先生所言，想要活下去就要有辦法，管它是什麼環境，管它有多少土，而且人和種子一樣沒有選擇出生地的權利，另

外，我在今天課程裡想要告訴同學的是不要被以往的既定認知和觀念所限制住，要勇敢的打破自己的固有思維框架，大膽突破舊想法，我們不要被經驗所束縛，感官裡所未存在的經驗不代表它不存在（就像文章中的老師自己沒見過，就認為是作者在瞎畫。）在這宇宙的時空裡許多是我們所未曾聽聞過的，只要對生活充滿新鮮和好奇，我們將會發現更多，同時也發揮自己無限的想像力，以及創造無限的可能。（《小王子》的作者聖修伯里不就是這麼的有想像力嗎？蟒蛇吞不了大象嗎？）

（四）學習創作成果

屋頂上的番茄樹　　　　　五年級　胡展騰

你相信嗎？「屋頂上會有番茄樹」，上面的番茄會甜嗎？如果你看過黃春明的一篇文章也許就會相信。

有一天老師請他們畫我的家，有一位小朋友畫了一間房子上長了一棵番茄樹，老師把黃春明叫回來，問他為什麼番茄樹長在屋頂上，黃春明說因為麻雀去偷吃番茄，拉了一泡屎，黃春明就被打了一下耳光，他好可憐喔，還被老師打了。

我覺得那位老師不能說自己沒有看過就任意的隨便打人，不只是黃春明發現了屋頂上的番茄樹，我也發現在學校的一個高處有一棵茄苳樹苗，所以沒看到就不見得是沒有這回事，種子只要有一些土就可以長出樹苗來，裡面寫了一段「世界上，沒有一顆種子，有權選擇自己的土地，也沒有一個人有權選擇自己的膚色。」

評語：用疑問式的開頭引入主題，接著介紹故事內容，再來提出個人看法，著重於對主人翁的同情。看似格式化，卻富有條理和因果關係。結論的引用將整個故事和個人想表達的意念清楚呈現。

屋頂上的番茄樹　　　六年級　簡佩鈴

　　你相信屋頂上會長番茄樹嗎？我也不相信，而且吃起來會甜嗎？你看過嗎？最近看了一篇文章我才知道，這篇文章叫作「屋頂上的番茄樹」，看完我才相信。

　　這篇文章是黃春明寫的，而且這篇文章是在說黃春明小時候的故事，有一次他小學三年級的時候，突然發現自己家屋頂上長了番茄樹，他驚訝的問祖父，祖父說因為番茄熟了被麻雀吃了，麻雀拉了一泡屎，番茄籽也在那一泡屎裡，所以就長出了番茄，但他問祖父屋頂沒土怎麼活？他的祖父說只要有一點點土就夠了。

　　我自己的想法是現在我終於知道屋頂上為什麼會長番茄樹了，都是因為麻雀的關係，而且世界上沒有一顆種子，有權選擇自己的土地，同樣地，也沒有一個人，有權利選自己的膚色。

　　另外，我覺得世界上許多事，不一定是眼見為憑，存在就是存在，自己沒看過，不代表它不存在。

評語：將描寫重點體放在土上，再到土地的選擇權議題，最後回到眼
　　　見為憑的自我框架受限，文章中蘊含著哲理和思考性。

屋頂上的番茄樹　　　六年級　林予彤

　　在屋頂上的番茄樹真奇怪！你有聽過嗎？那些番茄能吃嗎？其實是能的，只要你肯冒這個險。

　　這篇文章在說：黃春明先生小學三年級看到屋頂上長出番茄就問祖父為什麼？祖父說是麻雀吃了番茄飛到屋頂上拉了一泡屎，後來就長出番茄，之後老師說畫我的家，結果黃春明被老師罵番茄樹怎會在屋頂上呢？而且還被老師打了耳光。

　　我覺得屋頂上長的番茄是不能吃的，因為經過風吹雨淋這些番茄說不定還沾到了什麼髒東西，吃了有可能還會拉肚子，拉到老還在拉也說不定喔！也有可能會影響到風水地理而賠很多錢喔！

　　最後，我還是覺得屋頂上別長番茄樹比較好，如果要長就長在寬廣的田地裡吧！

評語：番茄可以長在屋頂、也可以在土地上，作者只在乎它的實用
　　　性，最後作者還提出個人看法，認為屋頂上別長番茄樹比較
　　　好，畢竟，冒險的不是食安問題而已，還有老師的巴掌，文章
　　　充滿單純和天真的想法。

（五）教學成果檢討

　　這是一堂小說的閱讀課，同時也介紹了臺灣鄉土作家黃春明，並從小說中讓學生學習簡單的小說閱讀與思考，藉由〈屋頂上的番茄樹〉打破既有的思維框架模式。同學由於對主題內容感到新奇與好奇，因而在寫作時會喜歡用疑問式的開頭，產生一種懸疑感，然而緊接又馬上迫不急待要的給一個答案交代，所以很快的他們會用黃春明的文章來證實他們所寫的內容。

　　在開頭的引言之後，同學會將黃春明的小說內容做一個簡單的說明，主要說明內容不外是為什麼屋頂上會有番茄樹。另外，同學是非常在乎老師打黃春明耳光這件事，在文字中他們表達對作者的疼惜與對老師的抗議。

　　至於結論部分，有的同學將視角放在老師的行為上，有的同學放在凡事不能以眼見為憑的觀點上，也有的同學認為番茄樹就應該長在寬廣的田地裡才對。既然是一篇訓練思考力與打破思維框架的閱讀，那麼同學們從閱讀中究竟在思考些什麼？或是從閱讀中想表達什麼？

教學者除了尊重同學的意念表達外，同時也鼓勵同學有不同的思維產生。

過去常聽家長說：我的孩子不會寫作文，我的孩子不喜歡閱讀，我的孩子從小讀了很多書，但要他動筆寫作卻難以下筆，或是我的孩子寫的作文，根本毫無內涵……的確，在教學的過程裡，老師、家長、學生對寫作一篇文章往往傷透腦筋，甚至絞盡腦汁卻一籌莫展。

筆者從事兒童文學閱讀寫作教學以來，無時無刻無不為解決寫作而費盡心思。在多年教學的經驗裡，發現兒童天生具有寫作表達的創作力，但需要透過教師或家長的適當引導，包括學習基本的語文與寫作能力，另外，透過閱讀與寫作的互動方式，是引導學生寫作的一個方便與有效力的方法之一，然而，閱讀和寫作之間並非自然融合在一起，而是需要有人給予方法和指導，並在閱讀與寫作之間建立一座橋樑。教導兒童寫作的方式眾多，且隨著時代而日新月異不斷創新，就教學者而言，只要能幫助兒童寫作且快樂的寫作，我們都願相信那是好的方法。

近年教學著重於閱讀寫作教學法，就是希望透過閱讀的方式，讓兒童喜歡寫作、愛上寫作，此次作文教學課程以新北市立十分國小為例，這是一所全校師生不到六十人的偏遠小學，有幸受邀進行一學年的閱讀寫作教學，當時抱著如果一所教育資源較匱乏的學生也能夠寫出一篇看得懂的通順文章，那麼其他地方的學生，我們沒有理由教不會寫作，雖然此次教學成果學生的作品並非篇篇是佳作，但我以知音的角度欣賞學生用心的寫作，雖然學生的每篇文章並非創作新穎，但他們是用心學習閱讀與寫作的。筆者以說故事的遊戲方式教閱讀寫作，也以說故事的方式代替刻板的教案記錄教學過程，同時期待藉由此次論述與有興趣從事兒童文學閱讀寫作教學者分享教學經驗。（見2015年7、8月《語文教育通訊》總期數845、849，頁107-110。）

四　結語

　　總之，從課程標準、作文教學研究與相關事件等三方面文獻的整理、分析及推演的結果來看，相關之作文教學觀念，雖不能一覽無遺，卻也能從其中略窺其樣貌。三者具有互補及相輔相成之效。但其間仍以課程標準為主軸。課程標準原是西方概念。因此，早期有關學校教育，在於從傳統轉換成西方新式的現代化；而二十一世紀以來，則是在競爭力與全球化。臺灣地區在九年一貫綱要以後，除用綱要取代課程標準、課程內容易名為學習領域外其間，最大的變異是標準化、程式化的走向，亦即企圖以量化來達成教育的成效。理由是與國際接軌，容易評量。然而，作為質化的語文，似乎力有所不及。僅就「寫作能力」的分段能力指標就有九十八項，真是戛戛乎其難乎？教育不是排序，也不是競爭，教育是教養與成長的場域，目前學校教育最受指導的是：學校像是個培訓、量化、標準化技能訓練場所。

　　因此，我們認為目前作文教學成效似乎無法盡如人意，此現象之發生，「人為因素」占絕大部分的主因，可能是由於教師在作文教學觀念上的無法吸收、不願吸收或吸收得慢，方導致教學的步伐無法跟上改革的需求，而造成作文教學停滯不前。因此，所謂作文教學的問題，可能不全是來自於客觀存在的一些事實，諸如：教材、教法、課程設計等因素，而應回歸於主觀人為因素的探討上，所以，教師反省性思考能力的養成及反省性習慣的培養，實為任何教學活動的首要之務。然而，這些問題，似乎有待教育政策的走向與導正。持平的來說，所謂上述的作文教學法或作文相關事件，皆已融入作文寫作的汪洋裡，亦即已成為作文或寫作的基本認知與技能，然而重返歷史現場，可見前人的努力，已化成了無形的力量。二十一世紀以來，有關寫作教學更與閱讀結合，尤其是培訓學校的老師，更是各顯身手，可

供閱讀的寫作書，可說目不暇給。

　　因此，我相信，「人能弘道，非道弘人。」

　　當然，我也相信，好的規範、制度，更能事半功倍。

——2015年1月總第821期《語文教學通訊》，頁8-14；2015年2月總第
　　825期，頁10-15；2015年7-8月總第845期、849期，頁107-110。

文學研究叢書·兒童文學叢刊　0809011

兒童文學與語文教育（二）

作　　者	林文寶等
責任編輯	蔡雅如
特約校稿	林秋芬
發 行 人	陳滿銘
總 經 理	梁錦興
總 編 輯	陳滿銘
副總編輯	張晏瑞
編 輯 所	萬卷樓圖書股份有限公司
排　　版	林曉敏
印　　刷	百通科技股份有限公司
封面設計	百通科技股份有限公司
發　　行	萬卷樓圖書股份有限公司

臺北市羅斯福路二段 41 號 6 樓之 3
電話 (02)23216565
傳真 (02)23218698
電郵 SERVICE@WANJUAN.COM.TW
大陸經銷　廈門外圖臺灣書店有限公司
電郵 JKB188@188.COM
香港經銷　香港聯合書刊物流有限公司
電話 (852)21502100
傳真 (852)23560735

ISBN 978-986-478-094-5

2017 年 7 月初版一刷

定價：新臺幣 340 元

如何購買本書：

1. 劃撥購書，請透過以下郵政劃撥帳號：
   帳號：15624015
   戶名：萬卷樓圖書股份有限公司
2. 轉帳購書，請透過以下帳戶
   合作金庫銀行　古亭分行
   戶名：萬卷樓圖書股份有限公司
   帳號：0877717092596
3. 網路購書，請透過萬卷樓網站
   網址 WWW.WANJUAN.COM.TW

大量購書，請直接聯繫我們，將有專人為
您服務。客服：(02)23216565 分機 10

如有缺頁、破損或裝訂錯誤，請寄回更換
版權所有·翻印必究

Copyright©2017 by WanJuanLou Books CO., Ltd.
All Right Reserved　　　　**Printed in Taiwan**

國家圖書館出版品預行編目資料

兒童文學與語文教育. 二 / 林文寶等著.-- 初
版.-- 臺北市：萬卷樓, 2017.07
　　面；　公分.-- (文學研究叢書. 兒童文學叢
刊)
ISBN 978-986-478-094-5(平裝)
1.兒童文學　2.語文教學　3.文學評論

815.92　　　　　　　　　　106009244